长篇小说

钟爱一生

宋 华 —— 著

辽宁人民出版社

图书在版编目（ＣＩＰ）数据

钟爱一生 / 宋华著 . — 沈阳：辽宁人民出版社，
2023.7

ISBN 978-7-205-10777-2

Ⅰ . ①钟… Ⅱ . ①宋… Ⅲ . ①长篇小说—中国—当代
Ⅳ . ① I247.5

中国国家版本馆 CIP 数据核字（2023）第 101484 号

出版发行：辽宁人民出版社
地址：沈阳市和平区十一纬路 25 号 邮编：110003
电话：024-23284321（邮 购） 024-23284324（发行部）
传真：024-23284191（发行部） 024-23284304（办公室）
http://www.lnpph.com.cn
印 刷：辽宁新华印务有限公司
幅面尺寸：160mm×230mm
印 张：11.75
字 数：134千字
出版时间：2023年7月第1版
印刷时间：2023年7月第1次印刷
责任编辑：祁雪芬
封面设计：琥珀视觉
版式设计：新华制版中心
责任校对：耿 珺
书 号：ISBN 978-7-205-10777-2

定 价：46.00元

目　录

引 子

在中国东北的黑土地上，有一座充满活力而浪漫的城市——北都市。生活在这片土地上的人们心怀美好的愿望和憧憬，无论是在艰难的时期，还是成绩满满的眼前，都不骄不躁不气馁，不断地创造出令人不可想象的神话般的故事。坐落在这湛蓝的天空和深邃的大海岸边的北都市国际会展中心，融合了太多的世界华人企业家创造的智造结晶。此时，在国际会展中心中西结合的多功能厅里，正召开着令人激动不已的"世界华人企业发展论坛"。

第一位发言的是富有学者气质、双眼闪烁着睿智光芒的先生，他气宇轩昂地走向论坛讲台，谦虚地向来宾们微微点头致意。主持人简短地向大家介绍："这位就是为了我们中国高科技智造业的发展，怀着一颗爱国之心，带着自己研发的高科技项目和资金回报家乡的盖世奇先生。"话音刚落，台下一片掌声！

第二位发言者是一位典型的中国东北大汉，看上去就是一个敦厚诚实、满目沧桑、经历丰富的悍将，他就是北方钢铁制品集团的前董事长陈重望。他刚一上台，不用主持人介绍就博得了台下热烈的掌声。台下的企业家们都颇为了解他的为人与他的事业，都渴望听到他亲手打造的企业集团公司的发展经验和经营理论。

这场论坛是北都市智海企业策划有限公司总策划韩雪娜的精

心策划和总经理韩楚天完美执行的杰作，他们动用了几十年的媒体工作经验和自己父系、母系家族的人力资源，促成了这场世界华人企业家的盛会。新加坡、马来西亚、美国、德国、澳大利亚、加拿大等国家的华人企业家及技术考察、投融资专业人士300余人到会。

会后，北都市智海企业策划有限公司总经理、帅哥韩楚天，拉着妈妈韩雪娜一进到这个宴会厅就乐此不疲地说："这次我们这个大家族从全世界四面八方都会齐了，真不容易，我作为东道主老大哥要订一个高档酒店！妈，你这个老革命就等着享福吧，别挑剔。"雪娜微笑着，严肃地望着儿子："那你不能忘本哪，你是红色家族的后代，不能败了门风！""妈你放心，我有分寸。我是红心一颗、铁骨铮铮的红四代！"韩楚天说着和母亲一起进了一个大包间，他暗中惊喜：表舅是外籍华人博士、企业家盖世奇；表姨是加拿大的博士、大学教授；大姨家的妹妹是刚刚在多伦多大学毕业的建筑学专业的研究生；二姨家的弟弟是国内医科大学刚刚毕业的大学生……自己这个"半斤八两"的本科大哥哥却是家族第四代的老大。楚天虽然有不示弱的心理，但还是为这个家族优秀的成员而感到骄傲。

这次春节正是趁大家回家乡，韩楚天答谢亲戚们帮助自己在北都市科技、工业、医疗方面发展做出贡献的极好机会！

"大哥你太敬业了！我们几年相逢一回，你还是老生常谈哪。能不能说说你家小宝宝的成长经验，我也好借鉴一下啊。""那你咨询你嫂子吧。"大家在愉快的气氛中促进了亲情。韩雪娜跟亲戚们打好招呼，就和陈重望分头照应其他来宾了。

楚天回到家看妻子卢学曼和儿子聪聪已熟睡，他没洗澡就躺下睡了。

第二天，2020年农历大年初一，一场突发重大疫情降临在中国大地上。大家都被隔离在家，真的没有体验过这种滋味：不能出行，在家里办公……楚天心急提笔写文：

写给母亲——壮美的北都城：

初春的美景被无情的疫魔笼罩，凶险向母亲城袭来，儿女们紧拥在你的身旁，各级政府与社区居民万众一心，共抗疫魔！

往日的繁华与喧嚣变成了内心的壮歌：一眼望去大白的队伍展现出城市的安宁，给居家者以安慰。听党和政府的话，居家隔离就是以守为攻、击退疫魔的最好方式，这就是每一个人做出的贡献。全城战"疫"众志成城，绘出一幅幅壮美的画卷，待到桃花烂漫时，我们在丛中笑！

这居家办公真的有机会和妈妈在一起交流，楚天和妈妈住在同一层楼，是门对门的，来来往往特别方便。他在母亲的书房发现了她还没有出版的自传体小说——《钟爱一生》，楚天如获至宝地看了起来。

妈妈韩雪娜退休前是北都市电视台的副台长，而楚天也受她影响，大学毕业后成为《都市新闻报》的一名记者。时代变化太快，现在的新媒体越来越发达了，传统的新闻业也在寻求转型。妈妈这个北都市新闻行业的资深记者，这么多年发表了许多作品，但以她为原型的小说，楚天还是第一次读到。

第一章　传统

　　人类的家族基因决定着每个人的身体能量、大脑智慧、意志以及人生前进的方向，这个定律同样适用于中国共产党人红色基因的传承和成长规律。尤其是我们的前辈，当受到侵略者残酷迫害时，人的能量会成倍地增长。

　　在山东老区的一个村庄，凶残的日本侵略军占领了村庄，杀光抢光。村民家都一贫如洗，但是还要躲开日军的袭击，每家都在炕下挖了地道。抗日英雄林怀武边跑边吹响紧急疏散号角，他12岁的大女儿林楠带着8岁的妹妹林梅跑着通知村民："鬼子来了，叔叔、大爷们快下地道啊！"小小的林楠担任儿童团团长，配合父亲与日本鬼子周旋，救下了很多的村民和周边村的乡亲。

　　"红小鬼"林楠长到了18岁，成为乡里的妇救会长。山东老区解放了，有革命理想的她有了自己更大的主张。谁都没有想到，1947年的一天早上，林楠与同村的女伴李书香已经登上了开往支援东北解放工作的船，她的母亲在海边拍着大腿哭喊着："你为啥不告诉妈妈一声啊？你啥时候才能回来呀？"

　　就这样，林楠和同村的姐妹李书香同船奔往东北，成为解放前夕北都市委、市政府的一名优秀干部。林楠是参加革命较早的山东老区战士，在市政府的工作也很优秀，但是她那种娇美睿智的样子，却像是一位知识分子家的大小姐。市政府里不乏战斗英雄转业到地方的男性干部向林楠投去爱慕的眼神。可林楠偏偏喜欢上了跟她一条船来东北的韩云海——这个开朗爽快、谈吐非凡的小伙子。相同的革命志向和相互的爱慕，他们很快结成了夫妻。在刚刚解放的北都市市政府内，这对郎才女貌的夫妻受到了大家的羡慕和尊敬，但同样也引起心术不正的人的嫉恨。在一个洁白的冬季里，韩云海和林楠的爱情结晶呱呱坠地，他们给女儿起名叫韩雪娜。

韩雪娜是这个大院儿里貌美如仙的小公主。可是好景不长，韩雪娜的父亲韩云海被嫉妒他的恶人陷害，这对看似幸福的年轻夫妻心里有了不祥之兆，不幸的命运正在降临。

韩云海爱好文学，他利用业余时间写作，在"百花齐放、百家争鸣"时期，为了响应党的号召，他还在省市报刊发表了诗歌、散文、小说等作品。

没想到反右运动来了，那个恶人借机举报韩云海作品"有反党言论"。扩大化淹没了正确的尺度，难以争辩的韩云海最后被打成"右派"分子，下放到市边的农村进行思想改造。

领导做林楠的工作，让她与丈夫韩云海离婚。出身红色家庭的林楠相信组织，真的认为自己的丈夫是反革命，她要和丈夫划清界限。她没有想到她的孩子怎么办，毅然决然地办了离婚手续。一时间小雪娜由小公主变成了小可怜！

父母离婚后，妈妈住进了独身宿舍。雪娜被判给韩家抚养，叔叔韩云志把她收养，由爷爷、奶奶照料。没有父母陪伴的童年有多少凄凉在等着小雪娜，她受到大院儿里孩子的欺负和大人们的冷落是最正常不过的了。这时，只有陈伟民书记家的陈重望哥哥在雪娜受欺负时出现在她的面前，为她解围。

这是林楠的好姐妹李书香在几十年后讲给韩雪娜听的。林楠在她 60 岁退休之后,也给女儿韩雪娜留下长达 5 万字的手写稿自传,这里只是其中的部分内容。

没有父母陪伴的童年都是缺失的,雪娜跟着奶奶过着含辛茹苦的日子,可是她自强自信、坚毅地自我成长着。在小学读书时,她学习成绩相当棒,都是双百,这就是红色基因在她体内生长的效果吧。可是她晚上躺在床上想妈妈,她不理解妈妈为什么连她的女儿都不要了,革命者是这样的吗?

雪娜跟着奶奶去看望劳动改造的爸爸,爸爸摸着雪娜的头深沉地说:"雪娜,你要相信爸爸不是坏人,爸爸是被坏人诬告的。你要好好学习,长大后成为用笔做刀枪的有用之才。"望着身材伟岸、目光坚定的爸爸,雪娜相信他不是坏人。爸爸的话深深扎在雪娜的心中,爸爸是才子,他的文章在《人民日报》上登载过,他是爱党的,他怎么会有思想问题呢?

就算是这样的苦日子也好景不长。当韩雪娜和陈重望正要考大学的时候,"文化大革命"开始了,停课闹革命!他们只得把考大学的理想埋在了心底。"文化大革命"的特殊时期,陈重望的爸爸陈伟民被打成"走资派",遭到造反派头头毒打后,他奄奄一息地趴在大院的黑屋里,雪娜发现后找叔叔韩云志救出了陈伟民,雪娜和陈重望之间又增加了一层阶级感情。几天后,陈伟民也被送进"牛棚",到农村劳动改造,和雪娜的爸爸韩云海成为患难之交。

大院儿的孩子停课闹革命了,韩雪娜却记住爸爸的话,暗暗地自己学习。陈重望组织大院儿的孩子们成立学习小组,两个人的志向越来越相近。

当毛主席发出"知识青年到农村去,接受贫下中农的再教育"

的号召时，陈重望报名去了农村。韩雪娜到年龄的时候是"四个面向"，叔叔韩云志千方百计托朋友、找同学，把她留在了北都市的一个工厂里，雪娜成为韩家第一代工人。

20世纪70年代初，家里能有个当工人的是件十分值得骄傲的事，去工厂的或多或少都需要点关系，18岁的雪娜背着书包像学生一般地迈进了工厂。扎着两条小辫每天快乐地按时上班，一干就是8小时，从此开启了她的芳华岁月。

"文化大革命"中的年轻人对未来并没有太多的憧憬，每天所做的就是完成自己手头上应有的工作，拿到按时发放的工资，更多时候想的都是钻研技术、升级、涨工资，一天一天累积下来。当时，在工厂还有一件事不得不提，那个时候工人们的业余生活其实是很丰富的，经常会有一些文艺演出，厂子里定期举办各种活动，除了认真工作外，其实谁有能力都可以在工厂这块天地里得到充分的展示。

1977年，中断了11年的高考制度终于恢复了！韩雪娜兴奋地来到农村，鼓励陈重望一起复习功课，准备高考。两个人在一起共同学习准备高考，雪娜当高级工程师的叔叔韩云志给他们辅导功课。可是分数下来后，雪娜考上了省级大学中文系，重望却落榜了！但陈重望并没有灰心，在农村搞设备改革，还搞起"小钢铁厂"，为大队做的改良农具还能让粮食增产呢。他光荣地被党组织批准成为一名中国共产党党员。

"文化大革命"终于成为历史，陈重望的父亲恢复了原职，全家回到了北都市，陈重望被选进北都市钢铁制品厂当了一名工人。

韩雪娜的父亲也得到平反昭雪，长期高强度的劳动，加上精神压力，他身患重病，恢复婚姻的母亲精心照顾着父亲。他们本是山东老区支援东北解放的行政级别十二级的党的干部，却还没有恢复原来的工作，雪娜着急万分。为了爸爸妈妈能恢复工作，雪娜不得已找陈重望，求助他已经是市委副书记的爸爸陈伟民帮忙。若想恢复爸爸妈妈原工作的职务等级，必须要找出当年韩云海被打成"右派"的原因的具体证据，要有两名以上的同事做证方可解决。可能证明他们问题的同志却找不到下落了，他们有可能被调到其他城市工作了。这些问题很难解决，为此重望帮助雪娜向当时政府大院儿的叔叔阿姨们了解情况，准备获取翔实的证据。

韩雪娜大学毕业了，她以优异的成绩考上了北都市电视台记者的岗位。她时刻牢记爸爸的教导，刻苦学习专业，主持正义，扬善抑恶。她报道了北都市许多先进人物和劳动模范的动人的事迹。经过党组织批准，韩雪娜光荣地成为一名中国共产党党员。

时代需要有文化、有技术的工人。陈重望在北都市钢铁制品厂决心做一名有贡献的新时代工人，他跟师傅说："我平生最遗憾的是没能考上正式大学，我要找回该学到的知识。"他参加各种不同等级的培训班，以惊人的毅力系统地完成了机械制图、铣工基础、经济管理、财务管理等20余门专业课，做了10多万字的读书笔记。荣获各种证书22本，其中，国家承认、企业承认的技术证书就有8本。为了学习，在生活困难的情况下，他自费3000多元买了近200本书。功夫不负有心人，陈重望完全靠自学考取了铣工助理技师资格，后又晋升为铣工技师，并获北都市技术能手和"自学成才积极分子"称号。

陈重望在钢铁制品厂三分厂的岗位上排除重重困难，刻苦学习，获得了国家承认的大专学历证书和技师技术职称，后又攻读经济学本科，获得经济师证书。他把学习到的知识、技术用于实践当中，为企业发展做出了突出的贡献，先后研制成功36项技术革新成果，为企业创效益达2000多万元。先后获得省、市劳动模范等 20 多项荣誉称号。

陈重望常对工友们说，文化技术是咱工人的立身之本。他当徒弟时，不用师傅指点第二遍，每一招都记在本子上；当他成为师傅时，已经对车、钳、铣、铆、电、焊等技术工种样样精通，对徒弟耿强精心指点。他已到了高枕无忧的人生阶段了，可想到的是把学到的技术运用到生产实践当中。他带领徒弟们大胆地对车间各项陈旧老化设备进行一番技术改造，他以优秀的人品和精湛的技术赢得了大家的信任，经民主选举当上了北都市钢铁制品厂三分厂厂长。

韩雪娜去钢铁制品厂采访陈重望，两人相见，分外感慨。回想起重望对自己的关心照顾，雪娜一直想报答他，觉得在工作上对他的支持是最重要的。两个人也都到了谈恋爱的年龄，彼此心中都埋下了爱恋的种子，但谁都没有袒露心扉，更无法当面表白了。

韩楚天看到这儿长叹一声，原来是这样，只知道外公韩云海被打成过"右派"，却不知道是这个原因呢！

这时，妈妈喊楚天出来吃饭。楚天和妈妈在一起吃饭时还在想着外公的经历，情绪特别低沉。妈妈发现了，问："你在想什么？"

"啊，妈妈，是这样，因为疫情在家办公，有时间呢，我想采访一些我市新中国成立初期对国家有贡献的老干部，你给我说说外公外婆当年的事迹呗。"他笑着对妈妈说。

但韩雪娜看着他的面部表情就不是那么正常了，便说："有时间我再跟你说吧，我准备在卧室里休息一下，你忙你的吧。"

楚天巴不得去书房，他又拿走了妈妈的书稿，回到自己家看个够。这里的奥秘还真挺多，他像看侦探小说一样入迷。

读着读着，楚天凝起眉自问："陈重望就是自己的继父，他也是大院儿的孩子，从小就跟妈妈认识，怪不得妈妈对他那么好，而且对他有那么多的帮助呢。他们是发小，还是青梅竹马呢！"正在猜测中，电话铃声打断了他的思绪："聪聪在姥姥家待够了，你去把他接回家吧，我今天还要在医院里值夜班。"老婆的电话就像命令一样，因为她的工作太特殊了，像战争中的前线，医院里住着许多严重的新冠肺炎病人。看了看表，正是妈妈午睡的时间。他便带着这本书稿，出发去接儿子了。

晚上，儿子入睡了，他又开始拜读妈妈的自传小说。虽然只看了个提纲类的第一章，韩楚天却也了解到了不少妈妈没告诉过他的事儿。他伸手又翻过一页，看到纸的背面也有妈妈写的话：

我们曾经相约：让我们互相忘记，但是我欺骗了你，我无法忘记你，我想你也同样没有忘记我。可在这世上，总有些东西不可逾越。

韩楚天隐隐约约觉得，当年重望的爸爸一定是对母亲极为重要的人。为了了解更多往事，他便悄悄留下了妈妈的书稿。

第二章　突发

　　他们生在那个国有企业逐步从兴盛走向衰退的年代，没有选择地，每个人都在不同的岗位上艰难地度过自己的时光。他们没有灰心也没有退缩，只有向前、艰难地向前。这是北都市钢铁制品厂工会主席陈重望和北都市电视台记者韩雪娜的心声。从小生长在市政府大院儿里的孩子，相互搀扶着成长的发小，工作上有太多交集与互相协助的岁月，艰难的时刻更需要推心置腹的帮助！他们忘记了自己的年龄，没有来得及相互告白内心的爱恋，只有被岁月搅拌得忘记了自己……

　　20世纪80年代末直至90年代初，中国国有企业的"铁饭碗"有破碎的迹象，工人们根本不理解残酷的现实，可这一切却来到大家的面前，考验着每一个人。

　　橙色的阳光洒在办公室的窗台上，枝繁叶茂的君子兰显得更加挺拔。这是北都市钢铁制品厂工会主席陈重望养的花，这是他唯一的爱好。君子兰这种花不费心思，不难打理，有伟岸之气。每逢春节前后，这两盆君子兰竞相开放，惹人喜爱。难怪大家说，陈主席养花就养君子兰，花也助他的君子之气。

　　陈重望每天上班后就要了解全厂各分厂的情况，全厂近2万名职工的大事、要求、困难都记在他那厚厚的本子上。他热爱这具有傲雪风骨的钢铁制品厂，它矗立在北都市的土地上，捍卫着这个生养百姓的海滨城市。

陈重望从 19 岁就入厂当工人，一干就是 15 年。15 个春秋，风风雨雨干到今天，太多的喜怒哀乐。人生的沧桑造就了他那副铁骨钢筋般的宽厚臂膀和百折不挠的性格。陈重望当过分厂厂长，被评为省、市劳动模范，两年前，全厂职工把他推上了工会主席的位置。这两年来，他遵照自己是一个"大服务员"的准则来要求自己为全厂职工办好事、办实事。

这天，陈主席像往常一样翻阅着信件。突然，他眼前一亮，这封信怎么还插着一根红鸡毛，难道是"鸡毛信"，谁在恶作剧？仔细一看，写着"陈重望亲收"，落款是三分厂工人，没写人名。陈重望急切地拆开信看，一行东倒西歪的大字映入眼帘。

陈主席：

十万火急，出大事了！您马上到三分厂来！

三车间工人代表

陈重望看完了信，倒吸了一口冷气，三分厂出什么大事了？他"腾"地一下站起来，像战争时期哨兵接到"鸡毛信"一样，马上要去三分厂。可他突然想到了什么，转过身来，一头扎进工会的大办公室。工会的魏副主席和两个部长正在研究劳动模范报表的事，见陈主席一脸的紧张，忙停下手中的工作问："主席，有事吗？"

"有事吗？事大了！这几年，咱们工会机构大了，人多了，可下基层少了，连我都算上，净跑上面的会和横向的相关单位了，下面工人们出了什么大事，我们都不知道，这像话吗？"

"出什么事了？"大家异口同声问。

"前几天强子见我支支吾吾说什么开工资有问题，这到月末了是不是……小范、老魏，跟我走，到三分厂去。"他们三步并作两步地向三分厂走去。

三分厂，两千来个工人都是陈重望的多年工友，这个分厂是当年创收最高的劳模基地、红旗车间。可这几年因设备陈旧，产品订货少，生产处于停滞状态。

上个月厂领导班子开会时，负责生产的副厂长周密就提出关停三分厂的方案，他认为没有效益的车间要关停，不创效益的人员要精减。厂长张卫国还特倾向这个方案，因为总厂要改革，要轻装上阵，剥离不良资产。当时，党委书记项天明没表态，可能是他还没有足够的调查与思考。陈重望也没吱声，可他有一种预感，这早晚有一天会矛盾突现。现在他最担心的事情终于发生了！

陈重望到了三分厂门口时，他惊呆了，真出事了！厂院当中有百十来号人嚷嚷着，有的人还指手画脚。

这时，有个工人气喘吁吁地跑过来："陈主席，你可别过去，麻烦大了！"

"越是有麻烦我越是要去！"陈重望远远看见工人们围在一起，吵嚷不停，这时他才发现，市电视台著名记者韩雪娜带着摄像的小伙子在中间正左右为难呢，旁边还有两位报社的记者。

厂长张卫国软中带硬地说："这国企改制，难免遇到一些不尽如人意的问题，您看您这新闻一播，我们就死定啦！"

"噢，我们是动手术的医生，是帮助你们恢复元气的，不是害人命的。"韩大记者也不示弱。"不破不立嘛，我们报道了，才有更多的人关心你们，是好事哟！"那两位记者也帮腔。

"是啊，记者是为我们好，新闻一播出，说不定全市上下都会帮我们呢！""这国企改制，公司上市，也不能不给我们开工资，想推出门外不管吗？""对，就得曝光！我们拒绝下岗！"工人们七嘴八舌地嚷嚷着。张厂长急了，命令工人们回车间，大家却不肯离去，多年来忠厚的工人们还是第一次不听厂长的话。

忽听人群中一个人高声喊道："反正你们领导照样拿工资，我们没活干拿不到工资是谁的责任？"这是耿强的声音，耿强是三分厂的厂长，技术标兵。他二十多岁，身壮气粗，老实厚道，为人热情，大家管他叫"强子"。他技术棒，可没活干，拿不到工资，家里的老母亲又有重病在身，再老实的人也急啊。再说，他是三分厂厂长，他要替工人们说句话。

陈重望对耿强太了解了，耿强是他的徒弟，也像他的儿子。耿强的身上有陈重望的影子。他喜欢这个年轻人，正直、善良、聪明、勤劳，可就是太犟了。

放在10年前，陈重望觉得自己像耿强，可这几年来，干工会主席干得棱角也磨没了，脾气也很少急了。其实，他还是没有丢掉根本，他的东北男人的血性还是没有消融，只是沉积在心底，一旦爆发非同小可。只是他学会了忍，这种忍，并不是没了血性，而是工作需要，是多年来的工作素养。

就在这几年间，他在人性的忍与暴发之间被磨合成另类品格：办事稳重、言谈举止温和，但遇到不可解脱的事，他也要找朋友倾诉。就这样身体却磨出了糖尿病。本来，他的父亲就有糖尿病，这一来，病上身就很难去掉。每天他要坚持吃药，七尺汉子膘膀的体格，常年以来人也消瘦了许多。男人那激昂的性情也削弱了许多。面对如此事件，做好了思想准备，要拿出他10年前、20年前的性格和拼搏精神才能见效。

"强子，可别这么说话，哪个领导能瞪眼看着工人开不出工资呢，还不是这大环境让我们一时不适应嘛。"这时，陈重望走到工人们中间，大家一下子围上来，"那好！你是工会主席，我们向你讨说法。"一位50多岁的工人站到了陈重望边上抢着说。

真是引火烧身，陈重望也是给张卫国解围，韩雪娜也转向陈重望："那你看今天这新闻……""今天这也不是什么好新闻，就算了吧，你是支持我们厂多年的记者了，为我们厂多着想。"陈重望是在求韩雪娜。张卫国马上接过话："今天就这样了，以后我们有好新闻会找你们的。"张卫国好言相劝将记者们送走，自己也趁机离开了，可工人们哪肯离开，他们把陈重望围起来。

"老厂长，你可要给我们做主，我们都是三分厂的老职工了，听说要把我们剥离，不能就这样把我们踢走……"胖嫂有个执着劲，她要盯上哪个领导准能把事办成。她拉着陈重望的衣袖口不放，硬是要个说法，陈重望看着工人们，复杂的心情难以言表。

"大家都不要急，我会尽力为大家讨个满意说法的。强子，你先带工友们回去，我马上找张厂长研究，大家回去吧！"陈重望把大家劝进分厂，自己追张卫国去了。

陈重望此时已经没有心思想别的了，他快步赶上刚走到办公楼的张卫国。

"卫国，我看这三分厂的事还真得重视，问题应该怎么解决，你心里有谱没？"陈重望将急切的心情强压了压，试探着问。

"嗐，这么大的事儿，我想出来谱也没有用。大国企改制，这样的事在后头呢，不光是三分厂，就连五分厂、劳服公司，不久之后都在整改范畴之内，你急有什么用呢？"

"那我们班子成员开个会，先议一议这批工人的暂时困难，新年、春节'两节'前，我们工会也要讨论困难职工的补助问题。"

陈重望紧逼不放，张卫国有些挡不住了，转方向说："你提到会费我才想起来，明年的会费拨款也要暂停。资金太紧张了，这全厂的事大啊。"

陈重望一听，问题严重了，"会费不给，这怎么能行？"

"怎么不行，工会是在厂党委领导下，一切都要服从全厂利益。"张卫国一字一板地说。

"工会也是维护工人的利益，现在工人们有困难，我们工会连会费都没有，怎么工作？"陈重望一板一眼地说。这两个人在厂办公大楼的大厅里就拉开了阵势，此情景被几个偷偷跟在后面的工人们看在眼中，他们心情凝重，呆呆地站在那里。

"好了，好了，咱俩也别在这儿给自己难堪了，明天召开厂党委扩大会研究吧。"张卫国急忙按了电梯钮，准备迅速离开陈重望。

因为张卫国太了解陈重望了，他要是不问个水落石出，不把事情办明白，是不会罢休的，再辩论下去，会让大家看热闹的。张卫国干脆不等电梯，径直拐向右边的楼梯口，把陈重望扔在了那儿。

楼门外的工人们看到了此情此景，无奈地摇了摇头，叹息道："陈主席是好人，能替我们说话，可他没权哪，还是别难为他了，明天我们就找张厂长！"工人们愤愤地走开了。

陈重望也看到了工人们，目光停留瞬间，他又马上避开，什么也没说，心里头沉沉的。

第三章 升级

三分厂的工人们照常上班，可没有了机器的轰鸣声，也没有了笑声，沉默间工人们的内心热血沸腾。当年三分厂是主力厂，车、钳、铣机床 40 台整齐地摆在两边。工人们三班倒不停地生产，创造着效益。

"没活不是工人的事啊。"工友们三五一群议论着。"这个月工资怎么办，都是上有老下有小的。"大家鼓励强子去找张厂长，强子有些为难。胖嫂急了，说："不找他找谁？再说，找别人也没用啊。有我呢，你怕什么？这分厂是空头的，难道你怕丢了官不成？走！"

"走，咱们一块去。"强子终于同意了。

二十几个工人拉着强子，一起向办公楼走去，大厅的警卫通报厂长秘书，秘书不让上楼，"我们一定要见张厂长！"工人们坚持着，秘书请示张厂长，张厂长并没有回避工人，他请工人们上来。

工人们还是头一次来总厂厂长办公室，耿强也只来过一次，那还是参加全省技术工人大赛获奖回来汇报时来的。有些工人在车间干活，到月取工资，根本不接触办公楼，这回来厂长办公室，他们还真像刘姥姥进大观园一样，东看看西望望的。

秘书引领大家进了张厂长办公室。

"大家请坐下谈。"张卫国很热情地让大家坐，可是这么多人哪里有坐的地方？大家你看看我，我看看你，谁也没坐下，都站着。

"厂长，我们来只是要求拿到工资，要过年了。"耿强每次都正面讲话，有理有据的。"这个要求不过分，只是总厂有困难。"张卫国也谨慎地说。

"难道我们工人的困难就不重要吗？"最老实的工人"董老蔫儿"说话了。站着站着，胖嫂有些不冷静了，她气呼呼地站在张厂长的大班台前面，手里拿着一厚摞奖状和证书，激动地说："我这些东西还有用吗？对我来讲没用了，我白干了20年，用青春、用心血换来了什么？这些我都赠送给你吧！""啪"的一声，胖嫂把二十几个证书、奖状都抛在了张卫国的大班台上。

张卫国没防备这一招，赶快喊秘书帮胖嫂收起来。耿强也没有想到胖嫂的这一举动，来时只见她拎了一个大包。工人们也上来劝胖嫂，这些东西没惹着你，还是好好地保存吧。

张卫国心情也很沉重，他缓缓地走到工人们面前，深沉地说："你们是钢铁制品厂的功臣，历史不会磨灭你们功绩的，不要一时情绪化，收起来吧，这是珍贵的纪念品。你们不愿意要，我收藏。"他转身告诉秘书，在厂大会议室设一个展柜，把全厂工人们获得的市级以上的各种奖章、奖状都展览和陈列起来。

"你们的业绩不是个人的，是钢铁制品厂养育了你们，给了你们展示的平台，现在我们的工厂像一个沧桑岁月中暮年多病的母亲，无力再抚养她众多的儿女，现在需要我们理解母亲，我更有责任去修复母亲的创伤。请给我一点儿时间吧，我会给你们满意的答复的。"张卫国说着说着哽咽了，看到这情景，强子示意大家回去，胖嫂也没太反对，她说了声："三天后，我们再来。"转身拂袖而去，大家也随之离去。

回到车间，工人们都闷闷不乐，还是胖嫂挑头说："我们应该找厂工会陈主席，他能为我们找到生存的出路。"

陈重望每天都要到厂工会安排工作，今天，当他来到三分厂时，才知道强子他们去找张卫国了。他不愿意看到工人们和张卫国闹冲突，但这种场面的确发生了。看着气冲冲的工人们，陈重望心中百感交集："从今天起我来分厂上班了，和你们一起渡过难关。"他告诉强子马上召集三分厂各车间的主任、工会主席研究工人们的生存问题。

大家各抒己见，议论纷纷，有的提出找市工会要政策，有的要以工会名义和厂里谈判。"这些都不妥，我们工会不能领导工人跟厂领导闹对立啊。"陈重望在三分厂会上是这么说的，可回到家，越想越难，不能和厂里领导对立，还要维护工人的利益，这是一个天大的难题！这一晚，他辗转反侧，还是靠安定片入睡的。

没多一会儿，陈重望觉得自己来到一座青山脚下，回头往下看，是湍急的水流，向上爬是料峭的山崖。脚下的石头在松动，他抓起几根青藤，奋力向上攀援着，累得他气喘吁吁双手无力，正在向下脱落。他"啊"的一声惊叫着醒来。

手机响了，陈重望的手机24小时开机，他就是怕哪个工人有什么急事、大事的找不到他。

可这次来电话的是市总工会的秘书长，他声音很低沉："老陈，马上到市总工会来一趟。"这么多年，很少有市总工会的领导大清早就打电话过来。

陈重望有一种不祥之感，他赶忙吃饭，又给司机小王打电话。好嘛，他忘了，自己把专车停了，小王被自己派出去搞销售了。

从自己做起，这句话多年来一直在激励着陈重望，他决定把自己的专车停了，这样会省下不少的费用，司机可以干其他的工作。他这样做的目的只是一种心情的表示，省下来的钱只不过九牛一毛，但他选择了这么做。在拿不到工资的父老兄弟面前，他只能这么做，他怕见到工友们那异样的目光。当年，是他说的"有福同享，有难共当"，今天怎么了，当上工会主席又怎么了？这不是什么乌纱帽，这是全厂工人们的信任和精神寄托。他能在轿车里坐稳吗，他毅然决然地把自己的专车停了。其实，他这台车也不是他自己的专车，大多是工会跑市里办事用。

从两条腿换成四条腿交通工具的时候，陈重望有好一阵子不习惯，看到工人时他不敢正视，有时甚至把头低下去。可这是工作需要，北都市钢铁制品厂的工会主席应该有轿车，这万号人的厂子，光工会就十来个人，这市里的会议点名要一把主席参加的每月就不下十来次，这事那事的都需要车。再说，这企业的工会主席都成为多功能的副总级职位了，待遇高，工作也相应地多起来，这车坐了几年也习惯了。

可这专车停了，遇到急事还能骑车去吗？市总工会在市中心，离厂很远来不及，这可急坏了老陈，自费打车去！

陈重望刚一进市总工会办公楼大厅，就看见几十人在那正议论着什么，定神一看，这不是钢铁制品厂的工人吗？他的头"嗡"的一下大了许多，他怎么也没有想到，这些工人会到这儿来闹！

这时，只见几个工作人员在劝慰工人们，在人群中间解释着什么。

"我们今天就要见一把主席，"这是强子的声音，"听说她是女主席，问问她有没有父母和姐妹，没工资怎么活。""工会不是为工人维权的吗，到真格的了，看你们能不能为工人们办事。"

工人们七嘴八舌地讲着自己的理，倒是没有不礼貌的。

陈重望看着这些工人，心中无名火"腾"地就蹿老高，他揪着强子的衣袖："你这是干什么？什么事不能在厂里说吗，跑这来多不成体统。"

"我们还讲什么体统，快过年了，手中空空，眼看被踢出厂大门了！"这是强子第一次对老陈不礼貌，可见他也是被逼得没有好话说了。

"找你们厂工会有什么用？还不是跟厂长一个鼻孔出气。"胖嫂本来就是一个粗人，心直口快就难免出口伤人，现在更显得肆无忌惮。

这时，人群中有人说了声"郑主席来了"，大家抛开陈重望奔向楼梯口处。

北都市总工会主席郑杰中等身材、四十六七岁、看上去并不显得精明强干，但却很有内涵、有亲和力。她笑着对大家说："这么多人来看我，省得我去看你们了。"郑杰这么一句话说得大家不好意思吵了。静下来片刻，静得能听到呼吸声了，半天谁也不开头发话。

还是强子有点儿水平，他客气地说："郑主席，我们今天来也没别的意思，只是想问问这企业改制就只有淘汰工人的办法吗？这不是嫌洗澡水脏就把孩子也扔了吗？"有些人憋不住偷着笑两声。

郑杰也笑了："这位兄弟说得很形象，这是一名句，但共产党永远不会这么做的，党和政府会尽力解决钢铁制品厂的困境，只是改革当中需要一定的时间。快到春节了，我们总工会的口号是'不让一名特困职工过不去年'，你们回去让陈主席报上名单来，按特困职工的标准来市总工会领救助款。"

这时，陈重望走到人群中说："请大家放心，不经过职工代表大会通过，是不会宣布大家下岗的，咱们不要在这儿耽误工会办公，对我们厂影响也不好。咱们回去登记特困补助吧。"

"陈主席说得对，我们市总工会会与你们厂领导交涉的。大家要冷静，还要考虑从自身努力解决问题。相信你们会有办法的，我们市总工会是支持你们的。"

"好，只要郑主席明确表态，我们就等候佳音！"强子不是办事不讲章法的人，他一挥手，工人们也就慢慢地掉头回去了。陈重望落在后面，看着郑杰，面色很难堪。郑杰倒是很坦然地向工人们告别，回头对陈重望说："国企改制是一个长期、艰难的过程，你可要有思想准备。"

第四章　上层

　　一场大雪覆盖了北都市整座城市，银装素裹，分外妖娆。天上还有没散去的几片乌云，显得有几分深沉。雪地上一排排深深的脚印，似乎寓意着行人们行路的艰难。

　　韩雪娜在钢铁制品厂吃了个软钉子，回到电视台心里很郁闷，自己从来没办过这样不光彩的事。这个女人可不是等闲之辈，她是北都市电视台新闻频道的"台柱子"，她从钢铁制品厂回来后觉得心里很不舒坦，这不是吃了个闭门羹吗？新闻采了却不能播，这些工人们的现状谁会知道呢？张厂长当然不愿意播了，陈重望倒是一个替工人办事的人，可他得听厂长的。

　　这几年，国企的工会组织也削弱了，工会主席的地位、权力也所剩无几。生产至上，效益至上，厂长说了算，有的厂连党委书记都要听厂长的。钢铁制品厂这个老大难的地方，书记有时候也找不到"北"，更甭提工会主席了。

　　韩雪娜越想越觉得心闷，她想到了高欣亚，他是电视台《深度报道》的制片人，也是她的知心好友，雪娜约他到台里一楼咖啡厅。这是她策划好节目的地方，一有进退两难的新素材，酝酿的时候她通常都会和几个要好的朋友先聊一聊。

　　"欣亚，你说这个钢铁制品厂有问题还瞒着……"雪娜如实说了一遍，征求高欣亚的意见。

高欣亚是个鬼精灵，脑子一转说："你要播了，闹出大事来，不好收场。不播，我知道你的脾气——'一根筋'。"

"什么话，谁是'一根筋'哪？"

"嘿，连常副市长都这么说你。好了，这又不是什么贬义词，只是说你执着而已。"

"别扯了，快说你有什么高招吧。"

"我呀，倒有一个好主意，不过想要我告诉你，光喝咖啡就行了吗？"

"那你要我做什么？"

"我让你做什么，你都认吗？"

"可以，别卖关子啦，今天这事没头绪，我中午饭都吃不下。"

"那好，我提了，你可别后悔，我要你嫁给我！"

"你这个坏蛋，乘人之危。"

"这更有利于你的工作啊，每天都能研究节目，而且还省了咖啡、饭钱了。"

听高欣亚这么说，韩雪娜一气之下准备走了。高欣亚没料到她真生气，自己也急了，忙过去趁机趴在她耳边说了几句。韩雪娜由怒转笑，突然紧握高欣亚的双手，"这是个好主意，谢谢你。"便一溜烟跑了。高欣亚愣了片刻，像得了便宜似的，看看自己的手，望着韩雪娜的背影暗暗自语："你早晚是我的人。"高欣亚喜欢韩雪娜，韩雪娜也认同高欣亚业务强、头脑灵、性格好，是个好男人，可她心里早就种下了另外一个人。

天知道，高欣亚对韩雪娜说了什么，使她这么高兴！可就是高欣亚这个点子，引起了北都市从上至下一连串的强烈反应。没有几个人会预料到轰轰烈烈的国企——北都市钢铁制品厂会变得亏损、减产，整天机器轰鸣、热热闹闹的三分厂竟然开不出工资了！

钢铁制品厂的三分厂工人要下岗的事，像一块大石头重重地抛在海中激起不断的浪花，最重要的是韩雪娜登在辽安省党报的内参文章。市委副书记汪岸明看到省报的内参文章，马上召开市委联席会议。联席会上，市委常委、副市长、各局局长都到会。

汪副书记是市委的老领导了，比他年轻的市委书记也要高看他一眼。会上，汪副书记拿着内参说："这电视台的大记者就是我们的侦察员，哪有险情，哪有隐患，她先查出来呈上，你们看这内参题目——《钢铁饭碗要砸碎——北都市钢铁制品厂将有近2000名工人下岗》，这可不是个小数啊！"

听了汪副书记的话，大家窃窃私语后又不约而同地朝主管工业的副市长常越看去。常越慌了，赶忙说："这个情况，他们也没报上来啊！"汪副书记的声调提高了几度："难道还要人家主动报上来吗？这个情况郑杰是否了解？"这时，大家眼光又转向郑杰，郑杰倒是没慌，她不卑不亢地说："我听钢铁制品厂的工会陈主席说过，现在工人们还没下岗，只是有两个月没开工资了，虽然下岗再就业是政府抓的事，但我们工会也有义不容辞的责任，我们正在研究协助政府安置工人的方案。"

郑杰这几句话说得书记、市长、局长们都没话了。"真是滴水不漏。""工作抓得准啊。"大家低声议论着，常越可是一脸的沮丧，又不能在这种场面上表露出来，他只得习惯地向上推一推眼镜，说："是的，我也会尽快想办法安排。"

这时，汪副书记面部表情缓和些，说："这是今天会议重要的一项工作，各局也要给钢铁制品厂放宽条件，有毛病的地方想挑也拖一拖，民生大计，老百姓没工资怎么活？这是人家记者给我们留余地，发个内参，这说明韩大记者有头脑，一旦上了电视新闻，我和在座的各位会怎么样就可想而知了。这个钢铁制品厂不但是我市也是全省的品牌企业，在国企改制阶段不能因为我们的工作漏洞而引出乱子。"

韩雪娜这一纸内参，参得各级领导屁股底下加了热，谁都坐不住了。她那篇文章上的可是省报内参，因为这钢铁制品厂虽地处北都市，属市国资委直管，重大事件也要归省国资委监管。

市委这会刚开罢，省委副书记李爱民又在省委常委会扩大会上提出了钢铁制品厂的部分职工面临下岗的危急情况，省总工会主席应向功马上意识到这事与工会脱不了干系，但他每次都是嘴巴迟一些讲话，还是让主管工业的副省长先表态，不知是习惯还是谦虚，按理说省总工会主席是省委常委，有的副省长却不是常委。他要比主管工业的副省长姜建远排位在前，但应向功也给自己留有余地，每次涉及此类问题，他都退一步表态。

"向功哪，你看这工人的事，怎么办？"越怕什么越来什么，李爱民点到应向功的头上了，躲不过去的，该说的，他也从不怯场。

"这下岗再就业的问题，是我们工会义不容辞的责任。"

"不是我乱点鸳鸯谱，是人家工人已经找到市总工会头上了，找娘家诉苦是对的，但这是政府的工作，咱们建远还是唱主角的，当然了，工会也是主要部门，这个事就交给你们俩了。"

两个人相望笑了笑，应向功说："我们马上研究详细方案。"姜建远说："放心吧，我们一定会配合好的。"

关东的雪，关东的情，严冬里充满着阳光，寒风里透着暖意。省、市总工会"送温暖"工程开始啦！各级工会向特困职工发放慰问金，不能按月开支的职工们得到了这种温暖感动不已。

马上过春节了，北都市总工会主席郑杰给钢铁制品厂工人送年货来了。三分厂的工人喜出望外欢迎郑主席。可是高兴之余，大家冷静地想一想，这不是长久之计啊。陈重望告诉大家，我们要靠自己，要搞造血工程。

第五章　激　烈

第二天，陈重望上班就来到张卫国办公室，找他商议三分厂下岗工人的事。张厂长无奈地答应他："这并非你我能解决的事，还是召开党委扩大会吧。"

钢铁制品厂党委扩大会终于召开了：长长的会议桌坐满了十几个头头脑脑，光副厂级的干部就 6 个人，还有工程师、技术人员和财务人员等。大家神情严肃，各自不愿相望，有的人也许知道三分厂的严峻情况，很少有人会在这个时候多言，所以都各自保持很自我的状态。陈重望与别人不同，他极力地在每个人的表情和举止上寻找着异样的变化。

会上，张卫国首先传达了市国资委有关国企改制的诸方面方针政策，又谈了钢铁制品厂改制的基本思路。

"国企改制势在必行，不改，终有一天，整个厂都会垮掉。我们要分船出海，船小好调头嘛。改制首先要思想创新，我们厂的改制方案初稿已基本形成，如果市国资委批了的话，执行起来也快。招商引资也好，股份制也好，都是为了我们企业的盘活与发展。谁有好的想法可以提出来……"

会开了好一阵子了，可张卫国还没说到三分厂的事，陈重望急了，暂时离开会场给厂党委书记项天明打了个电话，大意是三分厂的事是否应该提出来讨论。

项书记看是陈重望的来电，起身到窗户的角落接听。声音虽小，却还是被长长会议桌首席座位上的张卫国猜了个八九分。但他还在讲，似乎是小形势前的大形势铺垫，他终于说到三分厂的事了。

"关于三分厂工人两个月没开工资的事，不是工人们工作不努力，也不是我们不看重他们，是市场，残酷的市场，把这么大的难题亮在了我们眼前！这是一场历史性的考验，考验着我们每一个工人。怎么办？还是老办法，大家先讨论，拿出意见来，落实在人头上！"

这毕竟是生产上的事，陈重望急也不能越雷池呀。这时，负责生产的周密发言了。

"我来说说三分厂停产的原因，这也是我的决定。很简单，按我们班子制定的原则和市场规律，就是按销定产，没有市场的产品不能生产。陈旧的设备不能再用下去，工人们的技术也落伍，不能让三分厂再拖全厂的后腿了。"

嘿，瞧他这痛快劲，显得精明强干的，可听上去并没有什么不对。陈重望有些火上来了，你们只提生产，不提工人的死活，可倒潇洒。等了片刻，没有人发言，是他说话的时候了。怎么说，说什么呢？陈重望这个总厂的工会主席、厂党委常委，还兼党委副书记呢，在这张会议桌面前，他的讲话可没掉过价。可今天这话怎么说他还真得想好了。

他想起工友们那期待的目光，想到失去轰鸣的车间带来的恐惧，他不寒而栗，有一种无形的力量推了他一把，话猛地一下脱口而出："生产是应该停，设备也应该更新，可工人们不能没人管。"

"有人管，我每天组织他们学习。"周密那像没事人一般的神情令人气愤。

"我说的是工资，工人们两个月没开工资了，你管得了吗？"陈重望口气有些加重，这时桌边的人开始躁动，有人显露出不安的情绪，但两个人还在继续争论着。

周密："没活干怎么开工资？"

陈重望："这是国企，不能不管工人的生存问题！"

"这，国企也要改制了。"

"改制也要妥善安排工人。"陈重望觉得自己的观点还可以立得住脚，就坚持下去。

可周密这个人是不会轻易退让的，他认为只要一松口就表明是他的错误。

"那好，陈主席，下月如果你能拿出订单来，我就给他们开工资。"

"我拿出订单来，还要你这个管生产的副厂长干什么？"陈重望急了，也是被周密把话逼到这步了。

"那好，你来当这个厂长试试。"

"你，你以为我不会当厂长吗？急了，我什么都会！"

"哎，那好啊。明天，你上我办公室上班去！"周密"啪"的一声把椅子挪开，起身欲朝门外走。此时，这个偌大的空间缺氧了，十几个人同时屏住了呼吸。

厂长张卫国想说什么似乎找不到合适的语言，卡在那儿说不出话了。

厂党委书记项天明的脸沉了下来："我们还是不是共产党员？遇到困难就这么不冷静？现在我们要讲的不是谁来当厂长的问题，而是要看自己能为企业做些什么，能解决哪些问题。"项书记说了一句这样的话。

"从现在开始，我请求党组织考虑把工会的工作暂时交给副主席。至于我呢，从明天正式投入解决三分厂工人的生计问题，我再也看不下去工友们眼睁睁地看着别人开工资而自己却空着手回家。"陈重望说着说着有些哽咽了，他低着头极力掩饰着自己，不得已而快步走出会议室。

"周密，你不能和他硬碰硬，几十年了我还不了解他这个人吗？要是换了第二个人当工会主席，我就有力度说他，可对老陈，我这嘴就是不舍得张，他真是为工厂的事着急，我们20年过来……"张卫国说着说着也说不下去了。

"张厂长，别着急，我去找他赔礼道歉去！"周密见风使舵，台阶下得快。见此情景，大家心里明白了许多，项书记站起来说："今天的会到此结束，大家回去拿出方案来，明天再继续讨论。"项书记虽不是钢铁厂的老人，但却是原北都市工业局的老领导。

陈重望从厂会议室回到自己的办公室，望着盛开的君子兰，压抑着内心的不忿。想了想，他走到工会大办公室，向工会全体人员传达自己的决定："从明天起，工会的正常工作交给魏副主席，小范跟我去抓三分厂工人的事。"

第六章　泄愤

　　这边市委的会刚开完，常越一肚子气没地方撒，他只能怨韩雪娜，可他又不敢得罪韩雪娜。

　　常越是从团市委提拔上来的年轻干部，他原是南方渔乡出身的渔家子弟，大学毕业后分配到北都市的。他身材适中，白净脸庞，戴着金丝边眼镜，文绉绉的像个学者。他与妻子离婚已一年，现在孤身一人，虽已过不惑之年，但还想找一个未婚女子。身居副市长之职，他品位又高，这第二次婚姻机会要好好把握，所以他把宝押在了韩雪娜身上。

　　两个人因工作经常接触，韩雪娜对这个外乡人的副市长并不反感，常越也有一定的思想水平和文学素养，两个人还算合得来。今天常越只得采取软刀子办法来出这口气，他约雪娜出来喝咖啡。

　　"希尔顿咖啡厅怎么样？"常越低声细语地说。

　　韩雪娜并没有兴奋，也并没有拒绝，只是淡淡地说："我只能按时赴约喽。"其实，冰雪聪明的韩雪娜心里能不知道这个副市长请她喝咖啡的目的是什么吗？希尔顿咖啡厅有一个特别的座位，这个座位在一个拐弯的横廊处，与大厅的座位不相通。客人在里面谁也看不到，这是希尔顿的中方销售总监为常副市长特定的位置，只要他提前半小时打招呼就可办到。

　　韩雪娜虽然是 30 多岁的女子，但她无论是身材还是面部都还停留在二十五六岁的样子。休闲装真是魔鬼式外衣，只要你采用休闲式装束，肯定会年轻 10 岁。而常越就显得老成些，笔挺的西装，还是深蓝色的，黑皮鞋不是那种亮亮的。这是工作需要，他是市级领导，只得庄重一些。他欣赏着对面的韩雪娜，只见她深邃的双眸含着女人特有的柔情，身材适中体现着性感的风韵，流动的肢体语言足以令男人陶醉。可他却只说了一句："大记者就是有魅力。"这句话明显有些"拍"的意思。

　　韩雪娜并不领情，夸她的领导多得是呢。可今天韩雪娜不敢张扬，她毕竟是把人家"捅"了。

　　"魅力没有用，抓住好新闻才叫有'范'呢。"韩雪娜先发制人。

　　"什么算好新闻呢？"常越也不示弱。

　　"嗐，有时好新闻又不能播，考虑上下，真难！"韩雪娜转攻为守退一步说话。

　　"你的文章弄个内参出来也是个大炸弹！把我搞得晕头转向，你这是何苦呢，我们之间不应该发生这种事情。"

　　这时，韩雪娜一激动碰洒了咖啡杯，她借此"腾"地一下站起来："我一个小记者，还是个内参，哪有那么大威力！"

　　"服务员，过来擦一下。"常越的声调也不是味了。

　　"我来，我来，"韩雪娜用纸擦，两个人神情很紧张。服务员过来微笑着说："先生有什么事吗？"也许是宾馆服务员高雅的装束、漂亮的脸蛋和温柔的语调，使常越收敛起败坏了的情绪。

　　"我们不谈这个，这件事就过去吧，以后别给我添麻烦了好吗？"

　　他俩是已过而立之年和已近不惑之年的人了，这种紧张局面很快就转阴为晴了。

"那，你对我的印象如何？"常越开始下一个攻势，向韩雪娜进军。韩雪娜对常越没有反感，但心头总抹不去陈重望的身影，她应酬着说："也很不错呀。"谈话中天已抹上夜色，韩雪娜借着家里来电话就跟常越"拜拜"了。常越还有些余情未尽，却又不好缠着人家，也只得恋恋不舍地离开了。

常越是个精明人，被韩雪娜的内参捅了一下，马上摆出阵势，召开全市国企改革进展情况汇报会。同时，为着实解决北方钢铁制品厂转制带来的工人下岗问题，他召集全市工业口各个局的局长和涉及部门召开联席会。

市民政局、工、青、妇都派一名副手到位，全市的八大媒体都到了，当然也少不了韩雪娜。雪娜多留了个心眼，把同事欣亚拽来了，一是帮她参谋报道角度，二是给欣亚提供一个深度报道的素材。

韩雪娜一进会场门口，就觉得气氛很严肃。这跟常越的一贯作风有关，他人有些严肃，无论是长相、装束还是神态都一丝不苟的，很难让人感到轻松，又加上这个会议内容，更令人心情沉重。

常越落座后，向媒体座席望了一眼，发现韩雪娜身边坐着一位仪表堂堂的男子，这不像是电视台扛机器的，看上去气度不凡，有一种势不可当的架势。常越心中一怔，但又不容他去细想，马上开会了。他调整一下自己的状态，可怎么也不如平时那么舒坦，韩雪娜身边的这个男子就像给他的心中放了一颗小石子，稍稍地压抑了他的情绪。

"国企改革是一个新话题，是要我们提出具有创新思想的改革方案来推动国企改革，加速振兴东北老工业基地的发展进程。在创新改革的过程中，难免有各种阻力和不尽如人意的事件发生，希望大家要如实反映，提出问题才能解决问题嘛。今天，我们会议也来个创新，不要按以往的排序发言，问题尖锐的先发言。"

"我给你们 10 分钟的时间报提纲。我利用这个时间向记者们说几句，关于你们对这次会议的报道也是同样，不要按照什么'金字塔''五个 W'的规矩报道，什么时间、在什么地方、开了什么会议、谁参加了、办了什么事，今天主要是找成就、找问题。国企改革的成功经验，还存在哪些问题需要解决，我市的国企改革目前已经有几家成功例子，这样好吗？"常越只是用"好吗"两个字软化了前面强硬的话。

常越的一番话，引起了媒体席位上的一阵骚动，大家窃窃私语，有的人说："市长管得太宽了。""谁敢否定新闻报道的五要素呢。"但也有的人持不同意见："我看常市长说得对，报道方式也应该创新。"

韩雪娜可是从这里听出了特殊的味道，她和欣亚心知肚明，却又没什么好说的，欣亚说了句"他说得对，他是有些才气的"，韩雪娜愤愤地说："我看是炫耀、浮夸。"

发言开始了，第一位是北都市第一机床厂的副厂长，他们完成了股权 49% 的转让，企业大有转机，生产有向上发展的势头。

第二位发言的是汽车制造厂的副厂长，他们早已与日本合资开发了新的汽车品类，马上出厂上市了。

听到这，常越有些得意的笑容了，他插话："这样的国企令人赞叹，不但不给市里找麻烦，还会成为纳税大户，我们不要报喜不报忧。下面，应该有相反的典型吧？"

常越把这几天的不悦都发泄出来了，钢铁制品厂和韩雪娜给他造成的被动都在这会上被高明的言论影射得天衣无缝。

钢铁制品厂来参加会议的副厂长周密并没有排在前面发言，这使得常越很不爽，他耐着性子听完了毛巾厂报批的破产报告和罐头厂的整体转让方案后，迫不及待地点名了。

"北方钢铁制品厂这么个大家子，难道改革没有问题吗？"

周密被点得坐不住了，只得发言了。

"我们三个分厂已经变为股份制公司了，正准备上市。"周密也是个细心人，还灵活机智，他也报喜不报忧，摸着石头过河。

"报喜也要报忧，最近有什么新情况吗？"

机智的周密有几分明白："最近，只是原来的车、钳、铣老车间三分厂要改造，按销定产有问题，我们准备引资改造，安排富余人员，上新产品。"

"那就是说没问题喽？"常越追问着，"周厂长，您不必顾虑，有什么困难就提出来，大家帮助解决。"在这紧张的时刻，大家鸦雀无声，会议室的表嘀嗒嘀嗒的声音，伴着周密的心跳。韩雪娜的心情也不太好了："这是逼人！"

周密不敢照本实发，来时张厂长有话："别在全市各大国企面前掉价，尽量自己解决。"

这时，韩雪娜突然站起来："我了解钢铁制品厂的情况。常副市长不是让我们记者也报道问题吗，我希望现在是大家努力解决钢铁制品厂工人生存问题的最好时机，他们已有2000人两个月没开工资了！"

韩雪娜的话像一颗炸弹炸响了整个会场，大家哗然了，互相议论着，周密无奈地低下头。高欣亚拉了一下韩雪娜："别说了。"

常越此时的心情谁也摸不透。其实，他今天开这个会只是摆一个架势，工作做到了，他们钢铁制品厂不提不说的正中下怀，省得麻烦重重，工人们并没有到市政府来上访，媒体也没曝光。对这个主管工业的副市长来说没什么妨碍的，可这个韩雪娜一下子又捅了出来。常越心中可是大不悦了，但他又不能表现出来。

"周厂长，是这样的情况吗？"

周密有些为难了，他没理解常副市长内心的苦楚，只是想不能再替张厂长瞒下去了："是这样的，不过，我们正在尽量想办法。"

"那什么时候解决呢？"常越追问。

"这个嘛，很难说，我们多方努力。"

"需要我们市政府解决的就提出来，这各大局领导都在。下一个汇报单位。"常越想草草收场。

韩雪娜又站了起来："那他们工人们的工资怎么办？"

常越压着自己的情绪，故作轻松地说："这个好办，维权是市总工会的职责，你们回去跟郑主席说一声，落实一下。"

韩雪娜还要说什么，被高欣亚一把摁住："你再说下去就无法收场了！"

会开到中午 12 点多才散，常越还客气地说："这市政府也没饭店，大家多包涵，请记者到后院食堂进餐。"

会散了，人走了，记者们去食堂吃饭了。韩雪娜哭的心都有了。

高欣亚："雪娜，我请你吃饭。"两人边走边聊。

韩雪娜："我吃不下饭，我太无力了，太孤独了，想起工人们企盼的眼神和常越那金丝边眼镜后面冷酷的目光，两相对比真是不寒而栗，权力！这就是权力的威风，我一个小记者算什么，又能干什么！"

高欣亚："国企改革中的并轨、买断是需要资金的，目前市财政这笔开销还没下来。只有靠企业的招商引资、合资才有资金来给工人们补工资、买断工龄。像钢铁制品厂这些在国企中干了十几年、几十年的工人不会轻易离开的，常越是把这个球踢给了工会，看郑杰怎么办。"

韩雪娜："常越就是一个阴险的家伙，他不配当这个副市长！"

第七章 较 量

　　当大家都积极为钢铁制品厂下岗工人们的事奔波时，常越那边却马不停蹄地展示他那所谓的工作作风，看似雷厉风行，其实雷声大雨点小，他并不想真正地落实。所以，他把这个球踢给了工会。他以为郑杰能给他来电话申辩理论一番呢，结果等了两天也没信，今天却接到了去市总工会开联席会的通知。

　　反客为主啊！常越真没料到郑杰会这么快做出这种反应，技高一筹，不愧是市委培养的苗子。工会这个岗位是不好干，可干好了也真出成绩。常越后悔自己当初为什么没去工会。还有市委常委的光环，他以为负责工业会有大的起色与发展，可没想到误到国企改革这道坎上，上不去下不来的，难题一个接一个。人家工会呢，"送温暖"活动、"帮贫救困"、"金秋助学"，好多名堂，记者也乐于采访，领导也爱视察，搞得郑杰越来越容光焕发的。

　　郑杰的联席会是以市委汪副书记牵头召集的。是以全市各区、各局、大企业的工会主席为主，特邀市政府主管工业的副市长和相关局副局长参加，这可又是常越没料到的。

　　在市委副书记面前，常越可不是他召开会议的那副架势了。在汪副书记面前，他表现出文人般的气质，在他下级面前那冷硬派一下子变得柔弱起来。他热情地与开会的人打招呼，等到汪副书记来时，迎上去陪他到座位上，然后自己才慢慢地坐在旁边。

汪副书记对常越的印象也是不错的，认为他是年轻有为的干部，有发展前途。但总觉得他是一个摸不透的人。表面上热情文雅，但不知他心里怎么想的。对郑杰，他可是了如指掌，郑杰是在市妇联主席的职位上被提拔为市总工会主席的，走到市委常委的位置上也成为全市女中豪杰了。她在企业走上市妇联岗位，又在妇联干了十余年。做群团工作久了，练就一身没有官架子、充满亲和力的功夫，这是汪副书记最为看好的干部形象。汪副书记是全市年龄最大、资格最老的领导，在下属心里很有威信。北都市委书记是刚从省里调来的年轻干部，刚来半年，特别尊重汪副书记。所以，市委、市政府的副书记、副市长们都亲切地叫汪副书记"老爷子"。

"老爷子"还有一年就退休了，无形当中，有谁能接任汪副书记就成了这个层级官场上议论的话题。有人认为郑杰有优势，有人觉得常越有可能。这一点常越和郑杰自然心知肚明，这就在常越和郑杰之间生成一条无形的隔膜。可两个人见面却亲热有余，互尊互让。郑杰觉得这个比自己小几岁的副市长能从南方到东北这座城市来管点事也算是很有才了，所以产生几分敬意，而常越觉得东北这座沿海城市优秀女性这么多，能走上这个位置的女人可不是等闲之辈，所以两个人之间并没有发生过不愉快事件。

郑杰主持今天的会议，主题就是如何配合政府开发再就业岗位，落实钢铁制品厂待业工人的事。她先请汪副书记传达了省委会议纪要就单刀直入主题。

"下岗职工再就业工作虽然是政府的工作职责，但我们工会也有义不容辞的责任。虽然我们已开发了上万个岗位，但企业还有新的问题出现，国企改革中有的企业不同形式地进行着，还有一部分国企在创新中出现暂时的困难，我们应该责无旁贷地以有效的方式加以解决。工会就要维护职工的权益，在改革的同时，把职工的问题解决好……"

常越听着郑杰的话，每字每句地认真分析着，似乎要从鸡蛋里挑出骨头来，却找不到有什么不妥的地方。

各区、局、企业工会主席开始发言，提建议、想办法。陈重望也在会场，挨着陈重望坐的是北都市商业城的工会主席韩元林。平时，他们是好朋友，两个人开会时坐在一起，散会回厂时方向一致，长年来往频繁，性情相投。

韩主席第一个发言："现在钢铁制品厂出现这种情况，我们要倾力相助。"

"我们商业城在北郊开发了一个超市，离钢铁制品厂不远，正需要营业员，我们老总会同意招钢铁制品厂的女工。"

"让钢铁制品厂的技术工人去当营业员，这……"有人提了一句。

陈重望急了，他说："可以的，女同志可以当营业员，能让工人们开上工资是当务之急，缓一步再议长久之计。"

大家看陈重望的情形，看出了钢铁制品厂事态的急迫性，都纷纷表态，尽快想办法找岗位。

而陈重望作为钢铁制品厂的工会主席，也上台阐述了目前厂里面临的困难，并对各区、局、企业工会表示感谢。台下的韩雪娜也深受鼓舞，录像机里留下了不少陈重望的镜头。

常越看着这些工会主席热情高涨的样子，心中嘀咕着："工会就是这样，看表面上热火朝天的，落实下去又没有实权，哪个企业不要找老总落实呢？还不如把他这个副市长围拢好，一个会就能落实上千个岗位不成问题。可郑杰非要打头炮、抢业绩，看她能搞出什么名堂。"

郑杰是干工作一竿子插到底的风格，她马上落实登记援助岗位单位。大家都觉得开了个实实在在的会议，陈重望更是觉得收获很大。散会后，他拉着商业城工会主席韩元林的手："韩主席，走，今晚我请你上海边小酒馆喝酒去。""今天啊？真是不好意思，我今天有事。改日吧，改日我请你喝个痛快。"

常越从中看出这个会就是为了帮钢铁制品厂的工会主席，他仔细端详这个陈重望，他一副十足的东北大汉的形象：浓眉大眼、宽厚的脸庞，连说话的声音也是瓮声瓮气、粗犷洪亮的男人腔。他有强壮的外表，又有谦和的气质，是怎么练就的呢？常越把陈重望与其他官场上东北男人相比较，觉得他是别有一番风格，这种人看上去爽快透彻，却刚中有柔、和蔼可亲。想着想着，就在秘书小郭打开车门做习惯的手势时，他发现陈重望正和韩元林走到台阶下，常越就势与陈重望打起招呼来：

"老陈哪，只要有用得着政府的事，你来找我。"

"常副市长，好，有难事我一定找你，先谢谢了。"

"小郭，把我的电话给陈主席。"常越说话间看秘书的手还在那车门上摆着呢，气得他真想给他一巴掌。这个秘书真得换了，看不出上下高低的榆木脑袋。

陈重望平时不太与市政府打交道，对常副市长就更不熟悉了，他只是在市委、市政府来厂慰问、视察时见过常越。只听说，他是外地派来的年轻干部，学经济管理的，大家都说外地的和尚好念经。不了解人家的历史，就说不出反面意见，都是念喜歌的。今天见常副市长如此主动搭话，陈重望更是增加了对他的好感。

陈重望虽然有沉稳的一面，也是个性情中人，这次会议对他来说是一个鼓舞，他感谢郑杰主席，感谢市委、市政府对钢铁制品厂工人的关怀，这等于是一次发动会，发动全市条件好的企业来帮助钢铁制品厂即将下岗的工人。

可常越听着陈重望的话并不顺耳，他看着韩雪娜那跑前跑后的样子，准是对陈重望的讲话感兴趣，给的镜头多，不觉间感到心头不悦。他面对想要而得不到的女人一筹莫展，就凭自己的聪明才智，扳不倒这么一个记者？爱意、醋意，加上邪念发酵成一个馊主意，这可是一箭可以射一群雕啊！

第八章　无耻

　　韩雪娜乐滋滋地回到台里编节目，她的确把陈重望的讲话放在了重要的场面，给了较长的时间。当她把节目编好送到总编室后就开车回家了。还没吃完饭手机响了，是高欣亚打来的："雪娜，报告一个'噩耗'，你的片被毙了。"

　　"什么，毙了！为什么？"

　　"听说是市里领导要审后再播！"此时，韩雪娜心里明白了八九分。"什么市里领导，分明是找茬儿！"

　　韩雪娜一路飙车奔到台里，到值班副台长那里推门就进。

　　"台长，我的报道为什么没播？"

　　"那要等送审后看情况，只有明天再看喽。"

　　"送给谁审，市委、市政府？"

　　"市政府。"

　　"常副市长？"

　　"可能吧，我看录的影像中只有他参加会议了。不会有什么大事儿，稿子我审过了，听说只是有个工会主席的讲话不太妥当。"

　　韩雪娜听后，怒火中烧，原来是常越捣鬼。

　　她还记起手机里有过常越的手机号，她气愤地拨通了这位难缠领导的电话。

"喂，哪位？"常越的习惯用语。

"我是韩雪娜。"

"有事吗？"

"没事不会打扰您的，我的新闻有问题吗？"韩雪娜单刀直入。

"大问题没有，有部分镜头不妥。"常越也明确表态。

"您什么意思，是砍掉，还是缓播？"韩雪娜有些急。

"这个嘛，要看怎么调整。"常越当然不急。

"您给个意见，怎么调？"

"这样吧，今天太晚了，明天我们面谈。怎么样？"

"不晚，我可以过去，到哪儿？"韩雪娜为了工作，为了不失信于钢铁制品厂的工人们，她跑一趟不算什么。

"我已回到住处，方便吗？"常越欲擒故纵。

"可以，我马上去。"韩雪娜开车向市政府招待所驶去。

常越放下电话，心中喜不自胜，只有用这种方法调教这种女人才奏效。今晚，他决定实施自己的计划。

韩雪娜来到招待所见到常越，急匆匆地问："领导，你看怎么调整镜头？"

"嘿，你真敬业，忙什么，几句话的事，主要想同你聊一聊另一个项目的庆典新闻。"

"庆典不是新闻，新闻里可以有几秒的庆典。"

"对，说得好！就是要你抓个好新闻，这也是安置下岗职工的项目。保你在今年振兴东北老工业基地中得一个'最佳新闻工作者'称号。"

"我们还是说说今天这条新闻吧。"韩雪娜心急得要命。今晚要弄不明白，明天播不上可怎么办！

"来，坐这边，我这里太寒酸了，只是想快些成家也有借口要个好房子。"常越绕着道走，想绕到自己的话题上。

"是啊，我也希望您尽快……"

"可我是高处不胜寒啊，真难。"

"你条件好，当然眼光也高。"

"其实我一直倾心于你，可你对我总是不冷不热的，不知这芳心何处栽呢？"

常越说着来拉韩雪娜的手，韩雪娜抽身站了起来，常越扑了个空。他又就势揽住了韩雪娜的腰。常越最喜欢韩雪娜那纤细的双手和她那富有弹性的腰间。她那隆起的胸部和微微向上翘起的臀部使腰间形成一个让男人下手的空间，揽住了腰等于控制了她的胸部与臀部。

韩雪娜一下子躲闪不及，踩在了常越的鞋上，就在她身子倾斜了一下的瞬间，常越以"英雄救美"的姿势抱住了韩雪娜。

"你放开……"韩雪娜挣扎着。

常越的嘴迅速地向韩雪娜的唇递过去，当他搂住韩雪娜身子的那一刻，就浑身热血沸腾、心跳加快，他真的控制不住自己了。他不能放过这个机会，就是娶不到这个女人做妻子，也要短暂地占有她。

韩雪娜最近见常越就反感，此时又见他令人作呕的嘴向自己奔过来，她本能地用手抵挡，只听"啪"的一声，常越的眼镜被打掉在地。要知道，韩雪娜有扛录像机的功底，臂力是不亚于袖珍男子汉的，而沉醉于色欲中的常越并没有料到一个女人的反抗会如此有力。加之被眼镜框冲击后眼部的疼痛，使他不得不松开了搂在韩雪娜腰间的手。

韩雪娜像脱离狼爪的羔羊，惊恐地打开门逃脱了。

"无耻之徒！"韩雪娜在危急时刻没有语言，只有行动。过后，她在心里一顿臭骂，抒发着心头的不悦。

男人用这种手段是得不到女人心的，这么聪明的常越，他为什么要用这种卑鄙的手段呢？韩雪娜认为，常越是在调戏女性，要占便宜而已。自己怎么能服从这种小人呢！

可这稿子怎么办？韩雪娜开着车又回到了台里，惆怅的表情使这个往日里春风得意的女子失去靓丽的姿色。韩雪娜在电视台的大厅里低着头不知往哪走。

"想什么呢，快撞柱子上了！干什么去了，头发乱乱的？"高欣亚加班后要回家。

看到高欣亚，韩雪娜眼睛一亮，理了理有些乱的头发。

"你够不够意思？"

"什么没头没脑的话。"

"只有你能帮我解开这套，你来对付常越准行，这条新闻任务算你的，获奖也……"

"原来是这样，什么任务获奖的，我来准行。哪能让你上战场呢？"高欣亚说着，轻轻地理了一下韩雪娜的头发，"他欺负你了？"

不知为什么，一直没出这口恶气的韩雪娜，此时一下子趴在高欣亚的肩头委屈地哭出了声，高欣亚似乎明白了眼前的一切。

星期六的晚上，新闻播了，韩雪娜问高欣亚他使了什么招让这位狡黠的常副市长妥协呢？高欣亚说什么也不告诉雪娜。"难道这就成了千古之谜吗？"韩雪娜特别想知道，又不好追问太深。"找一个合适的机会一定告诉你！"高欣亚还是不想说。

有了上次在宾馆的事情，常越也不敢再对韩雪娜太过放肆，但他还是没有放弃，经常借着工作的缘由找韩雪娜见面。

韩雪娜报道钢铁制品厂的正面新闻，点名表扬陈重望，引发了全市学习劳动模范的热潮。市政府借势召开扩大会议，发起全市各行各业学习劳动模范的活动。

会上，常越公开说："钢铁制品厂的陈重望有些越位厂长、笼络工人提高自己威望的嫌疑。"韩雪娜反驳道："他根本不是这样的人，不能对大家公认的劳动模范进行这样的异议！"常越："北都市的老人都知道，你们俩是大院儿的孩子。"两个人争执不下，市长周正廉拍案道："我们不看过去看现在，就是要着力表扬工人、劳动模范，这是我们当前的重要工作。"周市长轻易不表态，出口一诺千金，常越再也不敢出声了。

常越看硬招儿不行就来软的追求韩雪娜，请她到市政府办公室谈出书之事，却趁机告诉她："钢铁制品厂有位技术人员，是个美丽、年轻的女士，她在追求陈重望。"韩雪娜表示反感，随即离席而去。

韩雪娜做了几年记者，对文字材料的敏感已成习惯。一次，她在市政府办公厅秘书处资料室翻阅文件，吃惊地看到有几份诬陷陈重望的黑材料居然是常越秘书的报件，说："陈重望获得的证书有些是假的，业绩也不属实，他的徒弟中有一些在给他歌功颂德，很多人不明真相，随帮唱影地拥护他。"看到这她义愤填膺，急转身离开，跑到常越办公室问个究竟。

韩雪娜进门便严肃地问："你为什么要陷害陈重望？"

常越："你怎么说话哪？"

"我都看到了你整陈重望的黑材料，你为什么这么恨他？"她痛斥常越。常越不仅不知羞耻，还口吐威胁之辞："你与我成为夫妻才是郎才女貌，陈重望一个大老粗有什么发展？你若服了我，我就放他一马。你爸爸、妈妈恢复工作的事我也可以解决。你难道指望他一个厂里的工会主席能办到吗？你妈妈那么好的家庭条件不恢复等级太可惜了，工资、待遇差多了。你这么折腾下去，对你、对你爸妈没有任何好处。再说，陈重望跟钢铁制品厂的一个女技术员已经处上了，你这还傻等啥？"韩雪娜听到这话心中像掉进了深渊，望着眼前这个伪君子，她强忍住泪水跑出了他的办公室。

韩雪娜回到家里闷闷不乐，妈妈问她也不理。夜深了，韩雪娜翻来覆去不能入睡。望着窗外夜空中明亮的月亮，不禁回忆起自己深藏在记忆中的一些场景：

童年……

市委、市政府家属大院：儿时的小雪娜手里拿着本连环画，两个男孩来抢。

小雪娜："这是我爸爸留给我的，不能给你们！"

男孩："你这个'右派'的小崽子拿的书也是反动的书，我要缴获！"

小重望："你们不要欺负人！"他拉开男孩的手把小雪娜送回家。

男孩："你也别凶了，你爸还是'走资派'呢！"

小重望挥起了拳头，坏男孩吓跑了。

青少年……

陈重望家：韩雪娜、陈重望和大院的几个高中学生在学习，准备高考。

北都市郊的农村，陈重望在开拖拉机耕地。

辽安省新闻传播大学，韩雪娜在大学教室听课。

工作后……

北都市电视台记者韩雪娜去钢铁制品厂三分厂采访陈重望。

韩雪娜："陈伯伯他平反复位了，难道你想在这工厂干一辈子吗？"

陈重望："我知道你想说什么，借老子的光找个好差事。钢铁制品厂是我们国家的脊梁，是国家富强的大后方。工人是国家的基石，我是革命的后代，我不干谁干！"

韩雪娜："我知道，你是劳动模范，工人的榜样！"

陈重望："对，我觉得我在工人堆儿里搞技术革新、带徒弟就是我的光荣、我的理想抱负。"

两年前……

电视台中午吃饭后的时间，韩雪娜有机会就与高欣亚聊工作，他们在大厅边走边聊。高欣亚又夸韩雪娜："你采访陈重望的稿子真动人，那些红二代不是都到政府机关工作或者经商了吗？这个有技术的劳动模范真值得推广，令人佩服！"

韩雪娜："因为我了解他，他是值得我们信赖的人。"

后面两个年轻的记者边走边议论着："你知道不？人家说韩雪娜和那个著名劳模陈重望从小就是大院儿的孩子，听说还是青梅竹马呢。"

她们说着，看到前边的韩雪娜立刻捂住了嘴，向食堂大门奔去。韩雪娜想上前说几句，高欣亚拦住了她："这种事情越描越黑，我告诉你一个好消息吧，内部的，过几天就公布了。"

韩雪娜："别卖关子啦，快说吧。"

高欣亚："陈重望选上钢铁制品厂的工会主席了。"

韩雪娜："真的吗？你可不要忽悠我呀！"

高欣亚：“等通知，我们一起去参加大会吧。”

北都市钢铁制品厂工会主席办公室……

韩雪娜去钢铁制品厂采访工会工作，见到已是工会主席的陈重望。

韩雪娜：“行啊，你这也是厂级干部啦！”

陈重望：“嗨，也就是个工人的大管家嘛，我这辈子就是这个命。”

韩雪娜：“好好干，肯定还有发展前途。”

陈重望：“你就会说漂亮话，老想着往上爬。你是个大记者，我这辈子就是个大老粗啦。”

韩雪娜：“重望哥，你怎能这么挖苦我，没有你就没有我。”

她说着眼泪掉了下来。

陈重望拿出一个手帕给她擦眼泪。

韩雪娜：“这是我给你的，这么多年你一直在身上带着？”

陈重望：“管它是谁的呢，先擦擦眼泪，你这个小资分子啊。”

韩雪娜：“你别小看我，我是一个坚强的女性。”

说着破涕为笑，挥了挥拳头。

陈重望：“我知道，我们是莫逆之交，哪能不了解你呢，你是一个优秀的女性加女强人。”

听这话陈重望在哄韩雪娜呢。

第九章　错婚

　　回想起这些令人珍惜的往事，韩雪娜对陈重望的感情在心中播下的种子早已发芽成长。她要回报他、保护他，不能让常越陷害自己心中的男神。可是现在我的男神移情别恋了吗？常越的话不能信，韩雪娜矛盾的心情不能按捺，一切事情要自己搞清楚。

　　第二天，韩雪娜来到钢铁制品厂工会主席办公室采访陈重望，当她敲门而入的一刹那，看到陈重望和一个女人在热烈地谈着什么，韩雪娜认识那女人，她正是钢铁制品厂的女技术员马玉节。韩雪娜一向是个敏感的女子，她看到眼前的一切不用再想什么，黯然离开了。

　　陈重望看到了韩雪娜，他快速赶到门口，望着她的背影无奈地顿足叹气。

　　踏着人行道上落下的厚厚的枫叶，一种凄凉的景象浮现在韩雪娜的眼前。她想起常越的话，觉得自己仿佛落在了一堆秋风落叶中。马玉节是厂里的技术员，她经常到陈重望的办公室谈工作吗？按理说技术人员与工会没有太多的工作关系和来往，难道他们俩真的谈上了？

　　陈重望迫不及待地约韩雪娜到海边广场，本来很要好的朋友变得别别扭扭。他们踏着秋风扫过的满地落叶，瑟瑟的声音伴着他们那无奈、凄凉的内心情愫。

沉默片刻，陈重望轻轻地说："雪娜，我和马玉节只是同志关系。"

韩雪娜："我们也没确立恋爱关系，你有选择爱人的自由。"

陈重望含着热泪："难道你不知道我心底藏着的是……是你吗？"

韩雪娜："重望哥，你把我忘了吧。"她怕把眼泪流给他，便忍着跑了。

陈重望追上韩雪娜含着热泪说："这是大院儿里叔叔阿姨们的证实材料和电话，都交给你，有了这些你爸爸妈妈的问题好办多了，必要时我可以跟我父亲再说一下。"

韩雪娜："那谢谢你了，我们永远是朋友，祝你幸福。"一对情深意重的青年男女就这样分手了。

常越得知韩雪娜和陈重望分手的消息高兴万分，立即拉拢韩雪娜。他约韩雪娜到香格里拉酒店，说开个小会。但是韩雪娜到了酒店小会议室，发现只有他们两个人。她转身要走，常越急忙拉住她说："我跟你谈一个重大选题，别人在场不方便。"韩雪娜只好就座。

常副市长一板一眼地说，有位企业家要帮助钢铁制品厂下岗职工就业。韩雪娜一听，眼睛亮了："这是最好的新闻，我可以报道。"

常越："就是嘛，我知道你一定感兴趣。"

韩雪娜："那你说是哪家呀。"

常越："这个不急，改天我把那位企业家引荐给你。"韩雪娜表示可以。

常越趁势抛出预谋："今天我们俩谈谈个人问题，你也老大不小的，该结婚了，我觉得我们是郎才女貌的一对。这几年一来二去地交往也有一定的了解，我认为我们可以成为夫妻，建立一个幸福的家庭。"

看着这个男人似乎很虔诚的神态和语言，觉得他怎么像变了一个人呢？其实，韩雪娜并没有听进去他的告白，想的却是怎样保护他的重望哥和父母工作问题的落实。想着想着，望着眼前这个男人，也觉得自己应该建立一个家庭了。

这时，韩雪娜突然下定了决心，她严肃地说："我可以答应你，但是你必须遵守诺言，请不要再伤害陈重望，还要把我父母工作的事落实好。"

"这不成问题，我发誓一定办到！"看韩雪娜有所松口，常越马上掏出订婚戒指："现在我正式向你求婚，请女神赐我答案。"韩雪娜有些感动，她决定接受这个男人。

韩雪娜和陈重望的误会无法解开，双方都把痛苦埋在了心里。不太溢于言表的陈重望给韩雪娜写信："我们虽然做不成夫妻，但是我们永远是无产阶级的革命战友，最好的朋友！"

韩雪娜为了保护陈重望和解决父母解放前工作等级的事，不得已同意了和常越结婚，她觉得自己也应该成家了。她的母亲林楠并不知内情，没有反对，但问道："难道你把重望忘了？你这是把他甩了吗？你图常越的官职，还是和他有感情基础？"韩雪娜忍着内心的痛对妈妈说："妈，我自己的事有分寸，你别操心了。"

韩雪娜最知心的闺蜜周海燕是北都市《都市新闻报》的首席记者，她们是大学同学，两个人要定期聚在一起商讨报道方向、说说姐妹间的心里话。可是韩雪娜与常越结婚的请帖发到周海燕的手里时她感到诧异，马上打电话埋怨韩雪娜："这件事情为什么不与我事先通报一下呢？"

韩雪娜若无其事地说："这种事情有什么好商量的，两个人觉得可以就行了。"

周海燕："那我还算是你最亲的闺蜜吗？你这是攀官思想啊，我感觉你们不一定会情投意合。"

韩雪娜："我亲爱的周小姐，女大当嫁，你也找个如意郎君嫁了吧，别为我着想了。"

韩雪娜和常越结婚了，他们的婚礼办得风风光光，市政府、各大局和部分企业来了许多人。韩雪娜在人群中搜寻着陈重望的身影。他来了，他在众人的后面。她心中还是忘不了陈重望，她只得把这份感情深埋在心底。陈重望无法抚平感情的伤痛，但暗暗祝福他们。

周海燕看着风光的新娘韩雪娜笑着说："看来你们夫妻是很般配的，他是爱你的。"韩雪娜却严肃地说："那要看他今后的表现了。"

终于得到了日思夜想的女人，常越喜出望外。他给妻子买高档护肤品，和她一起看演唱会，可是韩雪娜并没有开心的笑颜。

星期天，常越拉着韩雪娜去打高尔夫球。其实韩雪娜并没有心思陪丈夫去打什么高尔夫球，她的任务特别多，大脑中满满的都是考虑怎样报道国企改革的各个方面的新闻，但是作为妻子她尽量应付着。

令她欣慰的是，常越今天下班进屋便告诉雪娜："这是我给咱爸妈办成的落实工作的文件，我这个人是说话算话的，我的小公主。"他借此良机去拥抱韩雪娜，韩雪娜推开他，并不兴奋："我是什么小公主啊，我只是被宰割的羔羊而已。"听到这话常越不高兴了："你这话可是过分了啊，我是特别喜欢你的样子，我会对你加倍的好，我会信守承诺，不会对你的重望哥有什么伤害，这样你还不放心吗？"韩雪娜很反感地转身离开他走进书房。

常越也是在陈重望提供的资料基础上，通过许多关口办成了韩雪娜父母的事。父亲韩云海工作落实得并不理想，但他喜欢在北都市作家协会工作，能发挥自己的特长，当一名作家是他的理想。他起了个笔名叫韩渊，边工作边当起了作家。母亲林楠恢复工作等级了，在市商业局任纪检书记。工资和住房问题都按级别落实了，韩雪娜和父母高兴地庆祝了一番。

马玉节看韩雪娜已经结婚，35 岁的陈重望还是孤身一人，就百般关照陈重望，展开追求模式。她约陈重望去看电影，可陈重望婉言拒绝了，他心中还是放不下韩雪娜。

夏季来了，陈重望像往年一样来三分厂看望老兄弟姐妹们，发防暑降温茶。陈重望说："大家辛苦了，这是我们工会每年的任务。"

大家高兴地喊着"陈主席好"，分别从自己的位置忙着赶过来。

这时，耿强发现厂房上面有被压垮的一根木梁掉下来，他大喊一声："师傅，危险啊，快躲开！"几乎同时陈重望也发现了这个险情，但他却挺身救了危险中的一位老工人和设备，自己的右臂和腿部受了重伤。

耿强和工友们把陈重望送到北都市人民医院急诊科。万幸的是没有大的伤残，但要住院医治。马玉节在这关键时刻怎么能不冲在前面？她在医院病房无微不至地照顾陈重望。陈重望父亲来医院见此情景心中有了催婚的念头。

陈重望出院的那天晚上，陈重望的母亲看着儿子闷闷不乐的样子，爱抚地说："望儿啊，我知道韩雪娜结婚后你的魂儿跟去啦，可你不能不结婚哪。妈还要抱孙子呢，你都是 30 多岁奔不惑之年的人了，有追求你的就对人家好些，也许她会比雪娜更爱你呢。"

"妈，你不懂我们，你就别管啦。"爸爸轻易不管儿子的婚事，但是现在他也发话了。他劝儿子："你还是把韩雪娜忘了吧，也许她过得很幸福，你不能留在旧的印象里过日子，娶妻生子是每个男人的本分。我看那个马玉节就很朴实，她也特别关心你，结婚吧，别挑剔了，你也要为我们老人着想。"在父亲的一再劝导下，陈重望终于和马玉节结婚了。

他们的婚礼是在厂里的大会议室举办的，工人们是派代表参加的。充满着感情和欢笑的婚礼给这对夫妻带来了祥乐。陈重望和马玉节的家是厂里分的婚房，因为他们是双职工，分的是两室一厅的房子，虽然不大，但他们满足了。

日子一天天过去，婚后一年多，韩雪娜的儿子出生了。她在家休产假，这是常越与韩雪娜结婚时市政府分给他们的三室一厅的房子，虽然面积不大，还是挺可心的。韩雪娜的妈妈林楠来照顾女儿，她高兴地抱着孩子："这小帅哥，这么像我们家的人，将来肯定事业有成，我给他取名叫楚天吧。"陈重望和马玉节婚后两年，他们生了个女儿，取名陈爽。

韩雪娜与陈重望这对大院儿的青梅竹马，就这样各自成立了家庭。陈重望渐渐地从心中抹去了对韩雪娜的愧疚之情，他认为她嫁给了副市长是能过上幸福的日子的。再说马玉节也是一个合格的妻子，不论是操持家务，还是帮助他处理工厂里的事务都是一个好帮手。自从他们有了陈爽这个乖女儿，更是增加了生活乐趣和事业的共同点。

天知道韩雪娜正是为了她爱恋的重望哥，牺牲了自己的幸福婚姻生活来保护他呢，可韩雪娜并没有为自己这越来越不愉快的婚姻生活而感到后悔。她看到陈重望不断地发展事业，生活也过得幸福，从心里为他高兴，从而更加崇拜自己心中的男神。

就这样，这一对青梅竹马的恋人收藏起纯真的情感，在各自的岗位上奋斗着、前行着……

第十章　分流

国企改革艰难地一步步进行着，在 20 世纪 90 年代中期的时间隧道里，政府、企业探求着各种方法，工人们也探索着自谋出路、自渡难关。

下班了，陈重望没心回家，鬼使神差地走到了三分厂门口。工人们都走光了，强子还在车间里收摊呢。这是他当车间主任一直以来保持的习惯，也是陈重望当年留下的传统。

"强子啊，陪我喝两杯吧，这心真堵得慌！"陈重望拍着强子的肩膀说。

"主席，您也别太较劲了，身体是主要的。"强子转过身，望着陈重望，深情地说。说着加快脚步推自行车去了。对面推着自行车的强子，就像当年的自己一样强壮，每天有使不完的劲，天天待在家里怎么能行呢。家里还有个病老妈，三十出头了一直没心处对象，他下岗了可怎么办？

"强子，咱爷儿俩喝'红高粱'去，借酒劲儿吐吐这口闷气。"

就在钢铁制品厂不远的街口，坐落着北都市百年老字号的酒厂"关东红"。酒厂旁的门市又有一个小酒馆。这个古香古色的小酒馆，有着东北风土民情特色的包房，很适合东北男人在这里尽兴地畅饮一番。

酒是现烫的散装酒，一口下肚，就暖到了下腹，陈重望的心情也舒坦了许多。第二天早上，陈重望再也按捺不住性子，大清早就跑到三分厂，工人们还没有来，他找不到可以倾诉内心苦闷心情的对象，一头扎进了车间休息室淋浴间。

三分厂虽然停产，可暖气是全厂统一供暖，所以不冷，冷水浴是陈重望惯用的健身方式，更是他苦闷时一种解脱的妙招。

水流像山泉一样从他的头到脸到肩，从他的胸膛流下，冲刷着他的闷气，此时，他豁然开朗：水，为什么不会断？"抽刀断水水更流"，这么柔的东西却不怕钢铁，山川、大江、大海，不管任何险阻，都挡不住水流，主流被挡，水却有自己的多条途径分流，永远不会堵塞。他一拍胸膛——"分流"，这个哲学概念迸发出来了，陈重望觉得自己像牛顿当年发现地球万有引力一样伟大。把工人们分流、分解开来，会很快缓解全厂的紧张局面和工人们的困难现状，他特别想马上就把这想法和工友们商量，他只穿上裤子就急着跑出了淋浴间。

这时工人们都按时来上班了，虽然没有活儿，他们离不开这个地方，大家看着光着膀子的陈主席都吓了一跳，强子过去忙给陈主席披上衣服。"兄弟姐妹们，我有办法了，来，咱们这么干……"

大家围住了陈主席，听他一番话，大家在一起摩拳擦掌，雀跃欢呼。

原来，陈重望受水分流而不断的生存原理启发，准备把没活儿干的拿不到工资的三分厂的工人们分头组织为对外加工组、销售组和家政组。

陈重望的方案得到工人们的一致认可，大家一起研究具体落实的办法，陈重望说："大家也不能蛮干，咱都出出点子，想想办法，要分成几个组工作。"耿强说："我拉出一批人马干对外加工组和销售组的具体工作。"陈重望拍拍耿强的肩膀，语重心长地说："强子，工人们相信你，你可要好好干，别让大伙失望喽！"耿强笑了笑，拍着胸脯说："请大家相信，我耿强会为大家多揽活，让大家都有饭吃。"

"有谁愿意把家政组这个担子扛起来呀！想为大家办实事、谋福利的就站出来！"陈重望喊了一嗓子，停顿了许久，工人在底下窃窃私语，好像心中都有了数。这时只见胖嫂"腾"的一下站了起来，举着手说："家政的担子我挑了！"这时，工友们的目光都集中在胖嫂身上，工人们都异口同声地叫着："胖嫂、胖嫂，我们跟你干！"几乎是同一时间就有百十来个女工围在了胖嫂身边。

为了工友们能够有活儿干，胖嫂同意挑起家政组的担子，为女工们寻找出路。各小组都有了负责人，明确了责任，就容易开展工作了。陈重望又鼓励大家："有我陈重望一口饭吃，就少不了你们的。我们成立的各小组也要切实为大家想办法、找出路，抛开面子，一切以工人的利益为主。"工人们听了这番话，眼圈都红红的。耿强带头说："我们一定好好干，干出个样来。"工作安排结束后，陈重望、强子、胖嫂三个人都去分头组织工友开始工作了。

胖嫂把女工们叫到一起，商量家政组都能承揽哪些工作。女工们的年龄、技术水平相差比较大，很难分配和管理。胖嫂对女工们坚定地说："谋出路是艰苦的，但女人不都是弱者，也可以闯出一条活路来。"大家在一起商量揽活的事情，有的说："大家干脆去做保洁。"有的说："我们去卖东西，怎么样？"还有的女工说："我们女工太多，应该分头做点事。"这句话提醒了胖嫂，把女工们介绍到不同的地方工作。根据年龄、技术水平等情况酌情分配，可比一次性给所有女工们找工作容易多了。胖嫂和女工开始着手为家政组揽活了。

胖嫂带着女工们每天奔波在北都市的大街小巷，到处都可以看到她们忙碌的身影。要过新年了，打扫卫生的活还真多，顶着刺骨的寒风，她们跑到家政公司、食堂、物业、环卫这样的部门去揽活。厂里的女工都没有什么经验，现在各行业的用工要求也比较高，女工找了许多天，但一直没有什么合适的工作。有的女工心里憋着股气，有点抱怨了，工作真的很难找！

胖嫂忙了这些天，碰了那么多钉子，心情也很沮丧。回到厂里，胖嫂找到陈重望反映情况。陈重望也觉得这是个难题，工人们的技能水平不提高，有些工作根本做不了。胖嫂还说："现在，就连做个保姆都要有什么证。"陈重望和小组代表经过研究决定，对女工进行培训，先让她们掌握一些各行业技能之后，再去找工作，这样就踏进再就业的门槛了。

陈重望特意从外面请来了专业的培训人员，对女工们进行家政工作的培训。女工们很不理解，她们认为：擦玻璃、扫地、带孩子……有什么可学的，谁都会。胖嫂对女工们进行劝说："现在到哪做家政都不容易，干什么都有学问，我们学学看，人家可是专业人士，肯定比我们做得好。"看着女工们那副无所谓的样子，陈重望嘴上不说，心里跟着着急，他对大家说："为了让大家更好地适应新工作、新环境，我们工会特意请来家政这方面的高手给大家讲课，避免大家以后在工作中出差错。"工人们总算安静下来，陈重望才让培训人员开始给大家传授工作经验。

培训人员从扫地、拖地、擦玻璃开始讲起，学习专业知识。刚开始女工们并不太在意，也不专心，可渐渐地，随着培训人员一点点地深入讲解，女工们也来了兴趣，培训人员讲："擦玻璃这种看起来不起眼的工作，其实是很有学问的，用什么材质的东西才能不划伤玻璃，又让玻璃明亮；拖地用什么清洁剂不腐蚀地面，又不会破坏地板、地砖的颜色；打扫房间应注意哪些问题，做到打扫得干净又快捷。"女工们聚精会神地听讲，因为这些知识，她们根本没注意过。女工们在底下还说："原来她说的这些，我都不知道。""还挺有道理的。""可不是，赶紧听她往下说。"

培训结束后，女工们收获很多，都张罗着回家实习一下，还有一次培训，女工们就可以得心应手地工作了。

第二天，培训人员又讲了关于如何科学地带婴幼儿、营养搭配做辅食等。女工们这回可认真听了，有的还带了本子和笔，把内容记了下来。培训完成后，女工们又提了许多关于家政方面的问题，培训人员都一一作了回答。女工们很感谢培训人员教会了她们许多再就业知识。临走时，她们还记下了培训人员的电话，说以后遇到什么问题会向她请教。

经过家政人员的系统培训，女工们一个个都信心十足，她们跃跃欲试想要在工作中好好表现呢！胖嫂联系到一家中介公司，同意安排部分女工去做家政工作。胖嫂和几个女工被介绍到一个食堂做饭，还有几个女工分别到几户人家去做保姆。女工们各自有了新工作，都高兴极了，胖嫂把这个消息汇报给陈重望，他鼓励女工们要好好干，有什么困难，他会帮助解决，每人工作情况要及时地向他汇报。陈重望心里也踏实了一半，他希望工人们都能够自谋职业，自力更生。

胖嫂和几个女工来到这个单位食堂工作，负责人安排她们做饭，一日三餐，要干净、味道好，这些要求对于这些已经成家的女工来说不算什么。刚开始几天，女工们做得还是挺开心的，也很顺手，可后来，负责人又让她们负责打扫食堂的卫生，洗碗之类的活儿也都让她们干。女工们心里有些抱怨了，可是想想如果不干就没有工作，没有工作就没法生活。胖嫂和女工们商量了一下，决定忍下去，不计较了。"多干点活，累不坏的。"其实，大家心里都憋着一股气。

就这样一步步干下去，两年的时间仿佛一转眼就过去了，不论怎样工人们在工会的引导下能维持生计，可是大的经济形势像滚滚的海浪无情地冲击着国企工人们的阵营。

胖嫂的姐妹们在那个饭店的工作也受到了影响，到开工资的日子了，可是迟迟没有动静。胖嫂待不住了，拉着两个女工一起找到负责人。胖嫂问负责人："为什么到日子不给开工资？我们这些人可是要养家的。"负责人却摆出一副令人讨厌的嘴脸说："单位资金一时周转不开，暂押你们一个月工资，下月一起开。"胖嫂有些急了，"凭什么？我们这些人辛辛苦苦地干活，干了多少分外的活，我们都没说什么，你们现在不给开工资，就是不合理！"另外两个女工也说："我们都不容易，家里困难，就靠这点工资生活呢，你们想想办法，把工钱给我们吧。"负责人"哼"了一声，皱着眉说："我也没办法，有本事你们去找领导吧！"甩手就走了。

女工们非常气愤，没想到，辛苦一个月却拿不到工钱。胖嫂想要为女工们讨回工资，她把情况反映给了陈重望，陈重望得知后，十分担心胖嫂会去闹事。陈重望赶紧叫上耿强，找到胖嫂，一同去她工作的那个食堂找领导。

到了那个食堂，找到领导办公室，却不见领导，那个负责人也不见了，听守卫的人说，领导出差了，胖嫂心里明白，这是躲着他们不敢露面。陈重望和耿强、胖嫂扑了个空。回去后，三个人商量，耿强提议守在食堂门口，不信领导不露面，陈重望也赞成。胖嫂说："对待什么人就得用什么办法，明天我就去盯着他们。"

女工们因为没有拿到工资，又再度失去了信心，胖嫂安慰大家，其实她心情更复杂，她是家政组的带头人，如今，工人们辛苦了一个多月，却拿不到钱，胖嫂觉得自己的担子很沉重。她又找到陈重望，倾诉内心的苦楚，陈重望鼓励胖嫂："眼前这些困难不算什么，困难像弹簧，你弱它就强。一切都会过去的，工会会尽全力为工人们着想，我一定会维护工人们的利益。"听了陈重望的一番话，胖嫂心里敞亮了许多，她开始计划和女工们怎样把工资讨回来。

经过胖嫂的细心布置，女工们分成几组，轮流守在食堂门口，盯住食堂，等待负责人出现。女工们按照胖嫂的安排，守候在食堂外，密切地观察着食堂门前的动静，目不转睛，生怕一个疏忽导致负责人溜走，这可是与她们息息相关的大事。女工们不分昼夜，不管刮风下雨，整整在食堂门口守候了一个多星期。

终于，功夫不负有心人。这一天中午，那位食堂的负责人出现在食堂门口，女工们高兴极了，一窝蜂地把他围了起来。食堂负责人被这些突如其来的女工们吓了一跳，女工们对他不依不饶，要求他必须马上发工资，把他紧紧抓住，不让他有脱身的机会。最后，迫于无奈，这位负责人被这些女工们"征服"了，只好不情愿地带着女工们到财务科，把女工们应得的工资发给了她们。

食堂这份工作就此结束了，胖嫂和几个女工又没了工作，这可愁坏了大家。胖嫂倒觉得庆幸，还好有一部分女工在别的地方做家政，情况应该还不错的。

可是没想到好景不长，家政那边的女工们做得也不顺心，憋了不少气，整天忍气吞声地工作，女工们在别人家做家政保洁工作，拼命地干活却不讨好，被人家当贼一样防备着，这让女工们的自尊心怎么受得了；还有的做保姆，明明工作很卖力气，可人家偏偏鸡蛋里挑骨头，尤其可气的是用言语侮辱女工的自尊心，说一些刺耳的话，例如，什么下岗的女工没见过世面；这些东西多么多么贵可别碰坏了；干这种活多给你个十块八块的就是同情你的这种话，真伤了女工们的心。女工们纷纷辞掉了工作，大家都说："我们虽然下岗了，但是我们也是人哪，总不能拿热脸贴人家冷屁股呀！"

家政组的工作没有开展起来，一切又回到了起点，工人们也失望了，觉得女人创业实在是太难了。胖嫂把女工失业的事告诉陈重望，陈重望已经忙得焦头烂额了，最近这些事都凑到一起，让陈重望也吃不消了。

陈重望一个人在办公室想着三分厂工人的事情，他苦苦思索，头脑中又回想起三分厂工人那些信赖他的眼神。他问自己："难道分流还不能够解决钢铁厂的困境吗？"究竟该怎么办，他一遍遍地问自己。

耿强负责的销售组所销售的产品也不多，工人们一直都在厂里安稳地搞生产，现在却要他们去销售产品，可想而知难度不小啊！销售组对外销售的产品主要都是三车间以前生产出来，一直滞留在厂里的产品和一些零部件，这样更增加了推销的难度。

搞销售的工人们都没有经验，耿强积极地为大家想办法，联系买家。一些年长的工人负责在厂里整理部件，为买家运送产品等，而耿强则带领一些有知识有文化的青年工人，到各个小企业、门市房、小工厂等地方推销产品，虽然跑了许多家，但是销售出的产品并不多。大家原来也没干过销售，这段时间也受了不少白眼。厂里长年积压的产品都过于老化，不够精密，满足不了市场的需要。为了适应市场的发展，跟上趋势，就要生产一些市场需求量大的产品来，这样工人们才能有收入。于是，耿强带领一些技术能手，不分昼夜地在车间里琢磨，亲自设计、制造一些既实用又适应市场的产品。要生产先进的产品还需要有先进的设备才行，现在他们又面临设备老化的难题了，厂里现在也不能拿钱来给他们买设备，只有靠工人们自己了。

工人们都费尽心思，把时间都用在了工作上，在三分厂现有的加工机器的基础上加以调整改造，经过多名技术工人的共同熬夜奋战，终于把老化的机器改造成功，变废为宝，开始制作一系列的优质产品，然后，销售组和对外加工组分工合作进行，这样也许会获得意想不到的效果。

陈重望对耿强的精明能干很赞赏，并且很支持他，希望耿强能把工作干得更好。

销售组与对外加工组联手。销售组的人负责到外面去揽活、接订单，而对外加工组的工人则负责把接到订单的产品保质保量地生产出来，再由销售组统一运送给买家，赚取工钱。在工作中，也遇到过很令人气愤的事情。加工组按照买方的要求精度，制作好部件后，买家却多次刁难，硬说产品质量技术不过关，要求重做。

销售组对外售出的产品，大多是先收一部分的订金，待产品运送到买方手后，买方再付另一半货款，但经常遇到产品售出货款却迟迟不到的情况。种种事情让工人们没有办法，两个多月下来，销售组和对外加工组的收入也不尽如人意。

本来陈重望以为钢铁厂的情况会好转，但天不遂人愿，面临现在这种情况，陈重望再次为工人们而担忧，他多希望现在能有一个人站出来，帮助他解决工人再就业的难题。胖嫂和耿强的心情也同样沉重，他们作为工人的代表，没有带领工人们闯出一条路来，此时此刻他们更为工友们担忧。

厂长张卫国找陈重望谈话，打听"分流"工作的进展情况，当张卫国得知，工人们工作有困难又失业时，他们立即研究下一步如何解决工人再就业的问题。

晚上，钢铁制品厂办公楼里的人都已经走光了，陈重望和张卫国还分别在自己的办公室，工会和党委在六楼，厂办在四楼，每逢下班，陈重望从楼上下来时总是向张卫国办公室望一望，张卫国也好像约定俗成地等着陈重望一起走。这两个男子汉就这样互相守望着。

几十年来，这两个人一起上学、一起下乡、一起入厂、一起读夜大、一起出差开会，是父辈的感情相连，也是兄弟间的患难之交，他们之间有太多的相同、相近，但也必然存在着一些差异——张卫国是厂长，一厂之主，办事自拿主张；陈重望是工会主席，工会内部的事，他是定盘星，可这全厂的大事，上有书记、厂长，下有副厂长，工会的角色越来越被动，越来越需要协调能力强，而不是智慧＋能力＋魄力能干明白的那种干部，陈重望的性格取向也越来越向着稳重、大度、谦和方面发展，发展得连他自己也快不认识自己了。还是当年那个为保护老书记、老厂长与造反派格斗的愣小伙吗？

第二天，陈重望刚上班，剩下的工人们又堵到了工会门前，他们并不是为难陈主席来了，而是要工会想办法，陈重望决定与厂领导班子彻底研究所有停工工人的生计问题。陈重望下决心再找张卫国长谈一次。还是以往日的老习惯，一旦有大事相商，他们哥儿俩都是在厂附近小酒馆小包房里唠，又保密、又舒坦。又是一个雪天的星期日，陈重望去张卫国家硬是把他拉出来喝酒。张卫国的父亲张海涛注视着陈重望，心中有些疑惑，但只说了声："早点儿回来啊！"

陈重望从家里带来了"红高粱"小烧酒，两个人喝得很痛快。

张卫国信心十足地说："我在今年年终就能让二分厂实现股份制，搞好了明年就能上市。全厂工资涨 20%。"

这种精神状态气翻了陈重望："还有两千来人开不了工资怎么不想想呢？"

"这是国企改革的必经之路，舍不得孩子套不住狼，带着包袱谁跟你合资？不把几个孩子送出去，能把全家饿死！"

"你，你这是资本家论调！"

"什么？你说我是资本家，屁话！我是地道的无产阶级。"

"你骂人，我还想打人呢，咱们得讲理，你是披着无产阶级外衣的新型资本家，不顾工人死活，一味追求什么资本运营、资产重组，你不要这些工人也可以，给人家开工资，买断都行，总该有条道吧。"

"又是屁话，我不是暂时没钱吗，轻装上阵,合资后就有钱了。"张卫国有些喝醉了。

"你才是屁话，不发工资喝西北风不成？"陈重望也喝多了。

两个人开始摔酒杯，谁也不服谁。桌上的酒杯没了，开始摔酒瓶子，酒馆的经理认识他们俩，也没敢吱声。心想，准是出大事了，从来没见他俩喝成这样。正急得团团转时，张卫国的父亲张海涛来了。他发现儿子两个多小时没回家，心里明白他们到什么地方了。张海涛风风火火地找来，却见如此情景。心中不解，两个人感情甚好，为何事如此激动。

"怎么喝成这样！"老爷子脸沉下来。看到父亲来了，张卫国有所收敛，可还是醉酒劲未减："爸，我们俩没喝多，放心吧。"

陈重望见老人来也不好意思吵了："叔，一块坐会儿。"

"你们俩吵成这样，可是破天荒了！我估摸着厂里出大事了。"

"爸，没什么，咱俩闹着玩呢，他喝酒耍赖！"

"你小子少来这套，从小撒谎就不像，你跟我说说，到底什么事跟重望发火，你给我说！"

老爷子真生气了，他看不得儿子当厂长了就对陈重望发火，他不准，他像心疼儿子一样心疼陈重望。

"当年，是重望他爸救了我一条命啊！我们两人像一个人似的，不论有什么大事、难事，都齐心协力地商量着办，你这是干什么呢？手里有权了，说了算了，就对自己的兄弟发威风。你小子这样，我不饶你！"老爷子举手就打，陈重望急了一挡，一下拽掉了张卫国头上的帽子。吓得张卫国酒醒了一半，站起来笑着说："爸，爸，我们俩闹着玩呢！"

"叔，你放心，我们俩哪有什么过不去的事，就是这厂里工人的事。"陈重望不得不冒出一句话。

"我说嘛，还是有事，我也听说了，几千号人没开工资，要下岗，这可是大事，你小子是大伙选上来的厂长，可别忘了群众。'宁天下人负我，我不负天下人。'我还是这句话，从小就教你们俩当厚道人刘备，不做白脸曹操。你今天给我说清楚了，你打算怎么对这些工人？"

"爸，这些工人的车间设备老化已经半年没活干了。工人开工资也是厂里养着，厂里经济核算，这两个月实在没有这部分人的工资了。"

"那你要想办法解决他们的开支问题，不能不管。"老爷子理智起来。

"我们这不是正在商量呢嘛。"

"我还是厂里的技术顾问呢，明天我召集厂里退休的老工人想出路。"

"爸，你就别跟着掺和了。"

　　"想不让我掺和，你给我解决好！建造的这个厂有我们几代人的心血和生命啊，现在条件好了，没有什么解决不了的难题。"

　　张卫国不作声了，他没有道理可言。

　　天亮了，酒劲儿过了，人也清醒了，张卫国上班后，回想起昨晚的情景，沉浸在历史的影视镜头回放中，父亲的话使他清醒。可这全厂几万人的吃饭问题和国企的命运就押在他的手上，如何决断，他不能一个人做主张。他决定召开全厂职工代表大会，讨论加大招商引资和开发高附加值产品的力度和关于企业精减人员的事。

　　企业职工代表大会通常都是由工会主持来召开的。第二天，陈重望来找张厂长研究召开全厂职工代表大会的事，发现张卫国办公室的灯亮着，还有说话的声音，他走到了张卫国的办公室看他和周密正在商讨什么。看他们还没有走的意思，陈重望琢磨这个周密没什么好主意，他心中空空地骑自行车回家了。

第十一章 艰难

陈重望脑海里不断地回放着国企当年的辉煌景象，那时，他是钢铁制品厂的工会副主席，主管文体工作，这工作干得真起劲。全厂每年要开一次运动会，几万人的欢呼声山呼海啸般地像场小奥运会。工人们这个乐呀，从工会小组赛起，到车间工会，再到分厂工会，直至总厂工会，都是他做总指挥。大家争当第一高手，什么乒乓球、篮球、跳高、田径样样俱全。每到中午，工人们吃完饭就往工会跑，那凝聚力相当强了！

在国企兴盛的那年代，工会十几个人每天都忙得团团转，这个叫、那个喊的，厂长、书记也都高看工会一眼。这个组织毕竟是直接与工人打交道的，有向心力和号召力呀！可现在呢，工会的人手也少了，减员到5个人。一个副主席，什么都干；一个女工部长，要担任工会账目的会计；一个文体部长要兼生活部长；一个共青团的干部要兼管得更多。他这个大主席也什么都干，厂里、市里开会都得到；各个分厂的工会的事都要管，虽然是专职工会主席，可总厂领导班子忙不开时，他也要打替班：应酬什么环保局、城管局的一些企事业推不掉的事。唉！这脑海里乱七八糟的一幕幕没完没了，陈重望还是起来找"安定"帮助入睡。

怕惊动妻子，可还是碰倒了桌子上的那个药瓶，"叭"的一声，妻子被惊醒，他又感到内疚，忙说："没事，我喝口水，快睡吧！"

陈重望就是这么个人，心地善良，总怕对不起别人，他瞒着妻子，怕她着急。

陈重望的女儿陈爽是一个懂事的乖孩子，在厂里的幼儿园和小朋友们关系好，她聪明伶俐，老师也喜欢。陈重望喜欢这个女儿，有时间晚上他就给陈爽讲故事，讲着讲着爷儿俩都睡着了。

把工友们的就业难事挂在心头的陈重望每天心烦地失眠，妻子马玉节给他温上一小杯白酒，喝下去也没觉得怎么热乎，在床上他翻来覆去地睡不着，妻子每天要看图纸，在厂区各个分厂跑来跑去的，回家又要忙家务，倒是入睡得快。听着妻子微微的鼾声和那窗外呼呼的北风声，更是使人心烦意乱，陈重望久久不能入睡。吃了药，他迷迷糊糊总算睡着了……

一觉醒来，北都市满世界都是银色。被鹅毛大雪压弯了的树枝像体力不支的弱者在不时地向大地求救。平日里的高楼大厦骄傲地林立在海港边、广场旁，此时，都像犯了错的乖孩子穿着雪衣一动不动。马路被盖上厚厚的一层雪，街上一时间堵塞了车辆与路人。

是瑞雪兆丰年，还是一场白色灾难呢？陈重望不时地向窗外望着，心中不安起来。

"我还从没见过我们市下过这么大的雪呢！"

"看样子，这可是30年没有过的大雪啦。"马玉节随便说了一句。

北都市虽地处东北，但是沿海城市，四季气候宜人。冬天基本没有大雪，这场雪的确是几十年罕见的。

"应该组织工人们扫雪，不然会堵住上班通道的。"陈重望自言自语。

"你这个工会主席，休息日还不歇着，这些事儿等明天上班再说吧。"

"甭废话，走，跟我下楼扫雪去，明天大家总得出得去院儿才行。"

这是钢铁制品厂工人的老规矩，扫雪无须命令，全靠大家自觉，马玉节也跟了出去扫雪。

钢铁制品厂的宿舍是旧式楼房，六层楼，按工龄和人口分的。陈重望被提拔为厂工会主席已经五年了，按级别，他应该搬进新楼了。可厂里新接收了几名外地来的工程师，他把房让给他们住了。工程师给厂里创造的价值无与伦比，他觉得值。厂里正盖着新宿舍，是给市以上劳模、五一劳动奖章获得者、技术比武状元、工程技术人员和工龄长的工人们的。陈重望有份，他是省劳模，但他不着急，退休前能住上新楼就行啊。他高风亮节，总是这么想，马玉节有意见没有用啊。

可新房盖到半道缺资金就停了，这旧宿舍里论职位就数他最高了，钢铁制品厂的厂工会主席相当于副局级，全市赫赫有名的大国企，什么待遇都不差：住房、工资、医疗、办公室。陈重望心中满足了，他是工人们层层选上来的，他的技术革新给全厂节省了几千万元的开支，他得到的待遇是应该的。

工人们对陈重望的敬佩和信赖是有历史见证和情怀的，这鼓励着陈重望时刻牢记：工会主席不是什么官，是替工人办好事的大服务员，要做好全厂职工的服务工作，就连扫宿舍院儿里的雪这样的小事儿他都想到了。

陈重望和妻子下楼扫雪时，不禁傻眼了！雪太大，积雪厚得连楼栋口的门都推不开了。他们从楼内小仓库中找出多年不用的铁锹。这时，二单元的门推动了，出来的是耿强。他那强壮的体格，三下五除二就把门口的雪推开一条道。

"陈主席，这年龄还出来扫雪，回去吧，我喊几个哥们儿就行了。"

他们边扫雪边聊着。

"你妈的病怎么样了？"陈重望问耿强。

"唉，时好时坏，心脏病就怕犯病，救不及时就有生命危险。"

"不能大意！经常去看看中医吧。"

"中医见效慢，病上身就很难治啊。"

雪扫得差不多了，陈重望问耿强："强子，到我家喝两杯，暖和暖和，我也想找你聊呢。"

耿强没客气，随着陈重望到家里来了。虽然是在家里，这爷俩儿谈话的内容还是三句话不离本行——三分厂的困境。

"这次，你若被选上市劳模，可不要骄傲，更要好好干！"陈重望鼓励着耿强。

"师傅，这您放心，我这个人的本性是不会变的。倒是这三分厂，真是越来越让人如坐针毡。"晚上，强子从陈重望家里出来，大雪还在下着。

耿强回到家，万万没想到在这恶劣的天气里，母亲又犯病了，他急忙背上母亲艰难地走在厚厚的雪路上，奔向医院。

关东的雪，苍茫无际，在静谧的雪夜中，熟睡的人们哪里得知窗外路人的艰辛……

北风呼啸着，雪打在人的脸上，像沙子粒一样疼痛不已。背上母亲的呻吟声阵阵，催得耿强更感到内心的苍凉。"妈，您咬牙挺一挺，医院就要到了！"

雪在耿强脚下被踏得咯吱咯吱响，这时，他身后响起了急促的脚步声。"谁？"耿强吃力地回头望去。

"强子，我们一起来！"陈重望毫不迟疑地从耿强身上接过强子妈。

"您看您，到底还是来了，我没找您，也是担心您身体吃不消。"

每次耿强母亲犯病，陈重望都要帮忙，这次强子刻意悄声出门，就是怕让主席发现，可还是被陈重望在窗户边看到了。到了医院，急诊室里人满为患。有发高烧的孩子哭叫着，有犯急病的老年人呻吟着。你急，大夫、护士不急，都是急诊，你就得等着。

强子妈犯的是心脏病，让人心急，陈主席挂号、取药、打针，一切搞定后，住院押金却难倒了陈重望。3000 元，这个并不大的数目却让他面带窘色。耿强看出了缘由，抢过病历说："我回家取。""你取？你家有多少钱我还不知道吗？"陈重望抢着说："救命要紧！"说着，他快步往家跑。

跑到家了，他向妻子马玉节要钱，马玉节为难地说："咱家也没有积蓄了，这是我们女儿的学费啊！你这个工会主席当成这样还有什么意思？""救强子妈的命要紧，快拿钱吧！"马玉节边拿钱边说："家里就这些钱了，再找别人凑凑吧，总从家里拿钱也不是个事，你得想法子。"

这深更半夜的上哪凑啊！陈重望拿着 2000 元钱觉得沉甸甸的。他知道自己家里也没积蓄了，他又骑上自行车奔向医院。

陈重望真没想到，这仅有的 2000 元钱，还是没有敲开医院住院处的大门。住院处收费窗口里那位戴着眼镜、面孔冷冰冰的中年女子张开自己的一只手向他示意：3000 元，连话都省了，就这样把陈重望拒之门外了。这可把他激怒了，他大吼一声："人命关天，就非要这个数吗？"里面的人没反应，这时强子赶上来声援："你们医院也太不像话了，差 1000 元想草菅人命吗？"那冷冷的面孔似乎微微抖动了一下："有本事找院长去吧，我不敢破坏这个规定。"陈重望眼睛发出异样的目光，他到这时才真正体会到一分钱难倒英雄汉的真谛。"我把手表押下。"里面的人没反应，"不，把我的工作证押下。"强子要发脾气了，陈重望了解强子，他发起脾气来九头牛也拉不回来。在这公众场合，陈重望采取了冷静的办法，去找值班院长了。

不多时，一位身穿白大褂的中年男子面带笑容地陪着陈重望来到收费口，他告诉收费口可以将住院一个月时间改为半个月，先收 2000 元，并在上面签字后，陈重望才算松了口气。那男子客气地说："收款员没有权利做灵活处理，像你们厂这种情况我们也有所耳闻，难为你这大主席亲自来办此事，工作证就不用押了。"陈重望对院长千恩万谢，总算让老太太住上医院了，等他回到家已经下半夜了。

陈重望悄悄地打开家门，怕影响家人，便和衣躺在沙发上睡下了。

第十二章　善　缘

别看钢铁制品厂内部有经营问题，但在外界看来仍然是一个庞然大物，"瘦死的骆驼比马大"，谁都不敢小看这个大型国有企业，市里有关工会方面的大事都落不下钢铁制品厂的工会主席。

这天，是北都市外资企业成立工会表彰大会，陈重望作为大型国企工会主席被邀请作为嘉宾参加会议。

北都市是东北的沿海城市，投资环境又特别好，近几年来，日本、韩国和东南亚的企业都纷纷来这里投资建厂，这些开明的外资企业家依法建立工会，获得皆大欢喜，市委、市政府、市总工会各级领导支持、重视，而且工人们也受益，得到了广大工人的支持。今天表彰的是几个外资企业建工会的楷模。

在台下特邀嘉宾的位置上，陈重望发现同排隔两个座位上的一位女士在不时地向他张望，心中不禁生起疑团。这位女子30多岁，戴一副无框树脂眼镜，披肩发稍带弯曲发卷，装束奇异，不像本地人，他也从未见过，可她为什么对自己感兴趣呢，陈重望不好向人家这个年轻女子张望，只好先静了下来。

陈重望又向那女子望去，两个人目光正好碰在一起，只见那女子微笑着，把手摆一摆，因为隔了两个人的位置，陈重望还是没看出来她是谁。

正在这时，一阵掌声响了起来，紧接着，主持人发出热情洋溢的声音："下面，我们欢迎近期在我市投资的马来西亚独资企业南洋汽车配件有限公司的总裁助理苏妮小姐代表特邀嘉宾讲话。"

陈重望见那位女士轻盈地走上主席台，方得知她的身份。他只听说本市刚刚又诞生一个大型外资企业，没想到总裁助理是那位女士。

陈重望目不转睛地盯着在台上讲话的苏妮，"苏妮？苏妮？"陈重望喃喃自语，他努力地在她那陌生的脸上寻找着熟悉的线索，可他怎么也找不到有什么密切的联系。

"我们华人在马来西亚的土地上创业开拓，发展了几百年，如今，华人已经是一个强大的有经济实力的团体，华人企业占据了马来西亚的主导地位，我们南洋……""南洋"两个字好像提醒了陈重望什么，他慢慢地发现苏妮的声音越来越熟悉，她的面孔越来越和一个老熟人的轮廓接近。"苏妮、苏妮！"陈重望喃喃自语后突然觉醒地险些喊出来："小妮子，难道是她？"

坐在身边的造船厂工会主席看陈重望那激动的神情，不解地问："你认识她？"陈重望兴奋地说："对，是她，她是我们中学徐老师的女儿——哎，不对呀，她叫杨妮，怎么叫苏妮呢？"

"工会是个神圣的组织，是我们企业的法宝，每个外资企业都应依法建会。"苏妮的讲话博得热烈的掌声，当她走回座位时，陈重望百分之八十地肯定了她就是杨妮。

会议结束了，苏妮笑盈盈地走过来："陈大哥，我是杨妮呀，您还记得我吗？"

"噢，我想到了是你。"陈重望快步迎上去。

"我是在参会名单上发现您的名字，所以我一眼就认出了您，不然我也会到厂里找您的。""我们在这见面真的很巧。"陈重望和苏妮的手不约而同握到了一起。

"我们找个地方聊一聊吧。"苏妮说。

"那好啊。"陈重望迎合着苏妮。

于是，他们在宾馆的茶吧坐了下来，寒暄了一会儿。苏妮起身去洗手间，望着苏妮的背影，陈重望回想到那个非常的年代。

"文化大革命"时期北都市的中学停课，钢铁制品厂子弟小学"连锅端"都上了附近的中学，那些造反派学生打着"复课闹革命"的旗号，可却无法真正地上课，班主任徐慧丽老师是优秀教师，父亲又是华侨，就被学校的造反派组织揪出来，多次拉到台上与"走资派"——老校长、"保皇派"——优秀教师等几个人一齐让全校师生批斗。

有一天中午，小妮来学校找妈妈，看到妈妈还站在学校操场的大讲台上快被太阳晒得昏过去了，她哭着跑上台向妈妈扑过去。一个戴红袖标的造反派学生拉起小妮子，要往台下摔。正在操场打球的陈重望发现了，他上台指责那个学生："她是个孩子，怎么这样对待她！"

"她是'保皇派'的狗崽子，你要划清界限！"

"老师教我们不要打人，做人要有修养。"陈重望争辩着。

"什么修正主义老师，我们要革命。"

"革命要革敌人的命，也不能革自己人的命。"

"他的家族是华侨，是叛徒！"

"华侨不等于是叛徒！"陈重望坚持着自己的意见。

两个人不停地争论着，还动手打了起来，吓得小妮子直哭，班里的同学张卫国看到后跑了过来，拉开了那个造反派学生，"别欺负人哪，陈重望可是革命子弟，你不分敌我吗？"那个人见是张卫国便老实些了，因为张卫国也是学校的造反派头头，左胳膊上的红袖标的标志比他还大一级呢。陈重望心中想，当初张卫国加入这个组织还真有用。

他们二人把徐老师和小妮送回家。为这件事张卫国被开除出造反派组织，还要对他实行制裁，钢铁制品厂的子弟20余名学生都来造反，因为徐慧丽还没上学校的"黑五类榜"，只是陪斗，造反派组织面对钢铁制品厂子弟只能无可奈何不了了之。

从此，徐老师得了一场大病，小妮也被学校开除了。她们无法在这个城市生存下去，就悄悄地离开了。

这时，苏妮从卫生间回来了，看陈重望在那发呆，坐下来笑着说："小时候，我总是跟在你后面，生怕被别人抓了去。那年代的事情在我脑海中的印象太深了。"

"后来你们到哪里生活了？"

"我们娘儿俩回到青岛的舅舅家，结果那里的情况更糟，因为外公解放前开过纺织厂，舅舅被定为里通外国的奸商的后代，被工厂开除后打击很大，得了一场大病。我们一起逃到香港，几经周折，后来回到了马来西亚的外公家。"

"你们这一去就是几十年，在那里很好吧？"

"在南洋，每个人都在为生存、为自己赚更多的钱而奔波。人与人之间的感情大多因金钱而维持着。"苏妮有些伤感。

"我很难想象资本主义国家的人与人之间的关系，我在这个北都市生活的年头太久了，感情沉积得太厚了。现在中国社会人与人之间的感情也在变，变得多元化了，也不是'文化大革命'前那种较单一的精神状态了。我们这个年代的人很难改变旧的人生观。"陈重望显得有些无奈。

陈重望觉得应该转话题了,问道:"你这些年过得怎么样?"

苏妮停止了笑声说:"我们回到马来西亚就在外公的工厂里工作,妈妈改行学了企业管理,后来就接外公的班了。因为'文化大革命',她与爸爸离婚后又在马来西亚嫁给了一位华人,所以我改姓苏。我是在香港读的本科,又在美国读博士,这些年净读书了。个人问题没处理好,有了婚史,却没寻找到爱情。"说到伤心处,苏妮沉默片刻。

"你孤身一人?"陈重望有些吃惊,算起来,苏妮也有30多岁了。"嗨,现在中国也有许多单身贵族,很轻松自在的。"

"这都不是自己刻意要做的,只是一来二去就耽误了。"苏妮并没有详谈自己的婚姻状况,陈重望也没往下问。

"这回来北都市任职要多长时间?"

"我继父是马来西亚华人总商会的执行会长,他们几位商人在北都市考察了几次,决定在这投资汽车配件加工厂,需要我给他们操持业务,总裁林先生也不经常在中国。这次妈妈还交给我一项重要任务,就是要我找到你们。当年,我们只知道你们是钢铁制品厂的子弟,所以,我这次来,向北都市外办的秘书问询。结果一问,才知道张卫国是厂长,你是工会主席,我这个会上可是收获很大喽!"说着,她又笑起来。

陈重望看着这个当年只知道哭的小姑娘,现在笑意盈盈的。她笑得起来,可陈重望心里只想哭。他想起钢铁制品厂当前的烦心事,就不知不觉地紧锁眉头,如坐针毡。

"陈大哥,你有事吗?"

"不、不,我只是有心事。"

"什么心事能难倒你这个大主席呀?"

"现在中国的国企正面临改制的暂时困难时期，钢铁制品厂也不是你想象中的那么好，船大难调头啊，我们有许多工人没活干，工资就有问题了。"陈重望摆弄着茶壶，"就像这里水不满，还怎么往杯里倒水呢？"

"这好办哪，那就找水往壶里倒呀。"苏妮轻松地说。陈重望看着眼前的苏妮，觉得她有些天真，天真得如同当年一样，但当年就是她的天真才使得徐老师选择了离开北都市。她是这样说的："妈妈，我们为什么在这里受苦？我们可以走啊，三十六计走为上计。"这句话陈重望记得清清楚楚。

想起苏妮当年的话，陈重望并没有小看苏妮，而现在她说的这句话有可能不是随便说出来的，她一定有独到的见解。"这水源可是不好找的。"陈重望试探着问。

"服务员，倒水！"苏妮借机演示。

服务员来了，往壶里倒水。"这是白水，是桌上的吗？不是，这就是说，应该到外界去找活儿，去找看上去与钢铁制品厂不一样的产品，只要有活干，就有效益，就能开工资。"

陈重望听苏妮的讲话像天方夜谭，可听着听着觉得有道理。

"可这上哪儿去找，就是个难题了。"

"在我们大马，商人们认为，满地都是金子，就看你会不会找，本地找完了，可以到外地开采，这不就来你们的土地上挖金来了吗。"苏妮讲话总是像个童话家，可又让人觉得不无道理。

"说起来容易，做起来难啊！"陈重望作难了，他不想再谈这个话题，跟这个年轻人、对本市又不熟悉的苏妮说有什么用？可苏妮很愿意唠，她一直盯着这个话题。

"我研究的课题就是如何让企业起死回生。我们做企业的，最主要的是让自己的产品有市场，换言之就是有市场、有销路才会投资做企业、出产品，而中国的企业却是投资规模大、产出回报小，这样长期下去当然会越走越窄。"

慢慢地，陈重望觉得苏妮是懂经济、懂经营的。但理论又有什么用呢，能救钢铁制品厂的工人们吗？陈重望无心再听苏妮的高谈阔论，他急着回厂里，于是他说："哎，这事啊，难解决，慢慢来吧。"然后低头看了看手表说："我厂子里还有点儿事，咱们下回再聊吧。"

苏妮不好再说什么，"好的，我改日去贵厂看看，有机会我们一定合作，那下回见。"

陈重望说："好。什么时候有时间来厂子参观一下，我给你当导游。"

苏妮说："好，一定会去的，我也很想看卫国哥和玉节姐呢。"苏妮和陈重望走出宾馆，陈重望突然想起自己已经把公车停了，他叹了一口气，转身向公交车站走去。他看见苏妮自驾一辆白色的宝马，自己赶快钻进一辆出租车，"司机，快点开到钢铁制品厂。"

第十三章　援　手

　　事隔几日，苏妮给陈重望来电话了，要来厂里转转，陈重望心中一种喜鹊登枝头的感觉油然而生，望着正在融化的冰雪，他对苏妮的来访充满了新的希望，马上安排工会的人员通知几个主要加工车间的主任，安排接待外商考察。

　　一辆白色的宝马车停在了钢铁制品厂的门前，收发室的警卫正想详细询问来者情况，工会的小范已经来到门前迎接苏妮了。

　　这天是响晴的天，宽敞的厂院里积雪正在融化，地上的雪水溅在苏妮那亮亮的皮鞋上。见到白雪堆积这么久而成黑色的水，陈重望很不好意思，只是说这是东北的特点，一年四季分明也很好，对人体有好处，在东北居住能长寿，诸如此类的话。苏妮只是笑了笑，径直朝车间走去，看设备，看工人的加工技术。

　　苏妮惊叹大国企的阵势，厂区面积大，俱乐部、食堂、卫生院……车间、厂房，都无可挑剔，只是加工设备有些落后。看工人们加工出来的配件在技术上无可非议，可为什么会有人下岗呢，她觉得这个企业肯定有转机，只是时间多久的问题。

　　参观后，陈重望带着苏妮见张厂长和项书记，苏妮的到来给厂里领导、工人们带来了莫名其妙的猜想，张卫国与陈重望开玩笑："从哪请来一个时尚女郎？"

　　"这是咱们徐慧丽老师的女儿杨妮，她们一直在马来西亚，现在投资回到北都市建工厂。"

　　"是杨妮呀，这么多年没见真是仙女从天而降啊！"张卫国很兴奋。

　　"我现在叫苏妮，张大哥，你们也是天兵神将，一个当厂长，一个当工会主席。"

　　主管生产的副厂长周密可是看在眼里心中痒痒的，暗想这小子怎么攀上了南洋姐。项书记高兴地说："接触一些外资企业有益处。老陈，继续与苏妮保持联系。"张卫国拍着陈重望的肩膀说："工会主席也要参与一线搞生产了。"

　　晚上，陈重望回到家兴奋地告诉妻子："我的兄弟姐妹们有救了！"妻子应声问道："什么好事儿，看把你乐的！"

　　第二天，陈重望一上班就忙着安排工会的工作，又转身要去三分厂，突然想起应该给苏妮打电话，刚拿起电话，就接到大门警卫的电话，是苏妮来厂里了。

　　她真是"活菩萨"从天而降。

　　"快让她到我的办公室。"

　　"是，陈主席。"警卫马上通知苏妮进厂，并告诉她："就是那个白色办公楼的四楼。"苏妮开着那辆白色宝马向厂院办公楼驰去。

　　陈重望出来迎接苏妮，他们在办公楼一楼大厅相遇。

　　"陈大哥，我不进办公室了，我想马上去车间挑选工人。这可是你最急需办的事。"苏妮一板一眼地说，急切的心情并没有表现出来。

　　"好，我陪你去。"陈重望是个急性子，他当然比苏妮还要急。

　　两个人来到三分厂，工人们虽然没活干，还都坚持上班。有人看到了昨天的新闻，大家正议论着这个外资厂需要工人有什么条件要求呢，陈重望带着苏妮来车间了。

苏妮说明来意并宣布了招工基本要求："40 岁以下，中等技术工人以上，工龄 15 年以上，还要通过笔试和实际操作。月工资 1500 元，另有计件、加班费，试用期一个月，合格后签合同一年，合同期满再续。"

工人们静静地听着，盘算着招工方的要求是否适合自己。

条件这么一公布，有一半人叹了气，要求太高了。陈重望也有些失望，但他还是鼓励工人们："我看只要够自然条件，大家就要报名，不能失去机会。苏妮小姐是了解我们厂的情况的，她会给我们创造条件的。"

按苏妮的要求，符合报名条件的工人有 700 余人。大家纷纷报了名，准备迎接考试。苏妮笑着说："我今天就带来了登记表和笔答试卷，可以马上进行初试、面试，只是实际操作要到我们厂去过关，由工程技术人员考核。我们企业注重时间效率和结果，形式是次要的。"

工人们均为外资的快捷方式而叫好。三分厂厂长耿强立即组织工人们分头找休息室、工作台准备笔试，苏妮监考。

陈重望意识到需要笔和纸，他马上打电话叫工会的人送来。苏妮也赞赏陈重望敏捷的思维配合自己。

试卷是南洋汽配厂工程师们出的，苏妮只是监考，她要保证考试的真实性。同意苏妮带卷子来厂里现场招聘的方案，是在董事会上经过讨论达成一致的，所以她要为她的企业负责。

大家没有交头接耳的，题也是应会的，没有高难度的偏题、难题，陈重望也一直在场监考。一小时很快过去，工人们憋足了劲儿，尽力答完了。这可不是平时技术比武争个第一，这可是关系到饭碗的尖端考试，大家都竭力完成。

看着工人们的认真劲儿，陈重望心中千般滋味。

苏妮把答卷带回去了，近700多张试卷，南洋要求工程技术人员两天内判完考卷，第三天就去厂里实践考试，真快！外企的办事速度令国企的人员赞叹，因为这批活是南洋厂收了定金、签了合同要在预期完成的。

北都市经济开发区是全国较早形成的经济特区。外资企业纷至沓来，在这里建造工厂。对他们来讲，在这里建工厂一切都是廉价的，尤其是聘用当地工人，但这对于被聘用方来讲，却是解了燃眉之急，而这些外资商家却可以满世界接单，利润可观，这真是淘宝者的天下。当年的我国企业哪里知道这就是新的剥削方式的变种，新的资本运作方式创造的剩余价值。

就在陈重望为苏妮的工厂招聘工人而高兴的同时，他万万没有想到他最希望解决的人却都被卡住了。外企的制度是没有让人情攻破的先例的。苏妮来厂填表考试时胖嫂的身份证年龄因为差几个月被退了回来，他们说把年龄放宽到40岁已经是考虑中国国情了。因为加工汽车零件的精密度很高，年龄大眼睛会很吃力的。体检视力不好，根本不行。

在实际操作考试时，还有两名工人被淘汰下来，这剩下的三分厂的工人中女工偏多，年龄大的偏多，怎么办？

就在陈重望焦头烂额的时候，周密悄悄地把陈重望将三分厂工人给苏妮厂的事告诉了张卫国。张卫国听后说道："这是好事啊！工人有吃饭的地方啦！"

"但你想这不是简单的事，工人们的厂籍问题怎么解决？我们多年培养的技术工人给他们创造利润，我们厂有什么好处？国企的工人们到私企能适应吗？"

听周密这么一说张卫国觉得也有道理："那你说应该怎么办？"

"我们应该租赁工人，除工资外还要利润分成。"

"这有些太过分了吧！"张卫国有点儿反感。他平时就讨厌周密的那股计较劲，没有大国企经营管理者的风范，这回又在这个问题上提出这么奇怪的想法，但细想想也有道理，觉得这个副手也是给自己堵漏子的好手。张卫国并没马上表态，他知道苏妮和陈重望的关系，也深知苏妮是在帮钢铁制品厂。张卫国好就好在他不但懂技术、有能力、有智慧，还有独到的处事方式，就是三思而后行。尤其是在举棋不定、有争议的情况下，从不轻易下决断。他要亲自调查、分析、权衡后再定夺。

"去把重望叫来。"张卫国向周密说完后，又马上摆了摆手，自己给陈重望打了电话。

陈重望来到厂长室，坐在旁边的沙发上，这是他们两个人经常议事坐的位置。

陈重望爱喝苦丁茶。他来之前，张卫国叫秘书先沏上茶，自己点上一根烟在另一个沙发座位上等着陈重望，周密看这光景就知趣地走开了。

只要陈重望来，张卫国从不坐在大班台后面跟他说话。这一对单人沙发就成了他们交谈的好座位，中间的茶几除了放茶杯，还是陈重望放手机、放本子的地方。每次来，他都认真地把厂长要办的事记下来。他们俩的感情之深是全厂上下老工人都知道的。几十年风雨同舟，坎坷经历，铸造了他们铁打的情感，无人能攻破、能瓦解。

陈重望没想到张卫国找他是为了苏妮厂用工的事，听了他的顾虑，陈重望有些茫然了。在这个关键时刻，一厂之长还会想到这些问题吗？他紧锁眉头，只说了句："有这必要吗？"

"你可能没想到，我却要考虑到这些。"

"那谁来考虑工人们的基本生活问题，他们这个月再没有工资的话就会流落到街头的，老兄！"陈重望有些激动。

"国企的规矩我要遵守，不然我要失职的。"张卫国坚持己见。

"职工的利益我要维护，不然，我良心上过不去！"

这时，陈重望的手机响了，是苏妮打来的，她问陈重望，经考试合格的工人是以个人名义签合同还是以钢铁制品厂集体名义签合同。

"我研究后马上告诉你。"陈重望放下电话，马上问张卫国："办法有了，咱们在这吵什么，人家都想到了，我们以钢铁制品厂名义跟南洋汽车配件厂签合同。"

"唉，我也是遵守原则，没办法，还是人家外企讲规矩，不用我们争来争去的，走吧，吃午饭吧，兄弟。"

张卫国掐灭只吸了一半的烟，拍着陈重望的肩膀，舒心地笑了。

三分厂有1000来人去苏妮的南洋汽车配件厂上班，700余人当了技术工人，还有200余人做了熟练工种，陈重望心头总算拨开乌云见晴天了。为了感谢苏妮，他请南洋厂的林总裁和苏妮在北都市的清木日式餐厅吃饭。这可是他的私房钱，他无论如何也要表示一下谢意。

晚上，林总裁有事没来，苏妮一个人赴约，苏妮没有觉得单独与陈重望约会有什么不妥。菜上齐了后，她示意服务员可以退出。

两个人有许多聊天的内容，远从"文化大革命"时期唠起，近从解决钢铁制品厂工人的生计谈开。话到尽头时，苏妮不禁谈起自己的问题。

"没有了感情，婚姻不过只是一种形式，一个人不是很好吗？"

"怎么，你的婚姻有问题吗？"

陈重望以一个大哥的身份启发教育式地说。

"因为我离开东北时也十来岁了，性格中不免有关东女人的成分，而大马有成就的中国男人都是生长在当地的人。可能是热带的水土造就了他们那温文尔雅的性情，我看不惯、合不来。"

"大马的男人你都看不上！你不要个性化太强了，中国东北的男人怎么样，几十年下来也变得没血性了。"陈重望说着心里话。

"您这些年怎么样，也很沧桑吧？能坐上这个官位很不简单喽！"苏妮还不太会用中国的政治词汇。"这个位置不是官，是为群众办事的，是工人们选举的，我愿意干的原因也是为了与我奋斗了几十年的工友们。"

"我相信你会为大众办事的，你是讲义气的男子汉。我和母亲都信仰佛教，敬奉观音，积德行善是好事，有什么事情只要我能帮上忙，一定尽全力。"

两个人谈得投机，不觉两个小时已过。他们高兴地结束这顿晚餐，出门时却碰上了一个人。

这个人就是北都市靓女服装厂的总经理刘海晴，这个女人不但唯利是图，还喜欢滋生事端。她貌似慈祥、热情，骨子里心狠手辣。她的发迹史，北都市的企业界都了解一二。当初她只是一个缝纫工，后来联合工人整倒了原总经理，还吞并了与她最好的姐妹的一个工艺品厂，又乘改革之机自己坐上了服装产业的第一把交椅。

陈重望对这个女人最反感，今天真是晦气，碰上了她。可这个女人却热情地打招呼："哎呀，陈主席，咱俩真有缘，我们同在一个饭店吃饭。"

"是啊，有缘，也都是为了钢铁制品厂的工人。"陈重望应付着说。

"这位女士不是本市人吧？"刘海晴穷追不舍地问。

"是我的远房亲戚。"陈重望说着快步朝外走去，苏妮只是向刘海晴笑了笑也快步出去了。刘海晴努着嘴愣了片刻："亲戚，哼！"原来她到这家餐厅是请钢铁制品厂的副厂长周密吃饭。

这些年，北都市风行日式餐饮，这个餐馆档次可以，包房不大，适合谈生意、交朋友，地点又在市中心，所以，都喜欢到这儿来。

陈重望回味着刘海晴的话，猛地看了看门前的车，真就让他猜着了，是周密的车停在门前。他和刘海晴平时不太熟悉，也不来往，这是为哪般呢？

苏妮要送陈重望回家，他执意打车回家。苏妮也没再客气，她完全是习惯于国外的处事方针，从不过分热情，于是就此分手。其实，陈重望哪是打车，他偷偷地跑向公共汽车站。

为了节省开支，他停了自己的公车。由四条腿变成两条腿的交通工具，陈重望慢慢地适应了。

回想这段历史，陈重望是借马玉节倒班在家休息时，用妻子的自行车。骑起来不习惯，车也旧了，闸也不好使了，有一天上班，他险些闯红灯。路上遇上了厂财务处处长，他一个劲儿地问："老陈，怎么改用两条腿了？"陈重望支支吾吾地说："锻炼身体。"其实他自己心里明白，这三分厂的工人都两个月没开工资了，自己好意思坐 A6 上班吗？他特怕那些曾在一起战斗的工友们眼睛里那异样的目光。

坐公交车回到家已经很晚了，妻子问："这是上哪啦？"

"有个外地的朋友来办事，去看看他，吃点儿饭。"这是陈重望在公共汽车上左思右想编出的嗑儿，还是用善意的谎言对待妻子吧，他不愿意让妻子知道自己和苏妮单独吃饭的事。

　　韩雪娜自结婚后便有意躲着陈重望，但她是电视台的骨干记者，哪能老是错过北都市最重要的钢铁制品厂的报道呢？《都市新闻报》跑工业线的记者求韩雪娜一起去采访钢铁制品厂的成功改革事迹和劳动模范人物陈重望。在钢铁制品厂的小会议室内，陈重望和韩雪娜两个人又相见了，虽然没有更多的话，内心却饱含他们相互之间的尊重与关怀。陈重望拿出之前韩雪娜写的稿子交给记者，报社记者在这些稿子的基础上写了几千字的报道。《走出国企改革的艰难之路》在《都市新闻报》上发表了。

　　常越回家后质问雪娜："肯定是你从中协助，不然稿子里陈重望的事迹怎么会那么翔实呢？"韩雪娜："我是一名记者，这是我的正常工作，谁也无权干涉！"两个人从此就舌战不断，可是韩雪娜一直忍耐着。

　　日子过得太快了，楚天已经 5 岁了，他在小朋友面前炫耀自己的家庭，讲吃讲穿，看不起同学，吹大牛。韩雪娜教育儿子，常越反对，家庭矛盾四起，最可恨的是韩雪娜发现常越花天酒地，被记者朋友看到他还有情人相会。

　　常越花天酒地有时候还带着孩子。有一天，小楚天回家天真地说："妈妈，有个阿姨搂着爸爸亲来着，不是只有妈妈才能和爸爸亲嘴吗？"常越急了："这孩子，瞎说！"韩雪娜当着孩子没有发火，她轻轻地问常越："那个阿姨是谁啊？我看你不配当爸爸，也不配当我的丈夫，我们先分居吧！"为了轻装上阵干好工作，韩雪娜决定分居，常越无奈，只得暂时搬到市政府招待所去住，他觉得这样自己也自由。林楠为女儿担忧："你们这样过日子，会对孩子成长不利，你那么要强，还是把楚天交给我教育吧。"

第十四章　捉奸

　　在一次市政府安排的招商会上，刘海晴在来宾中发现了苏妮，她神秘地告诉常越："就是她帮了陈重望大忙，不知是什么关系，这老陈还真有艳福！常副市长您一表人才，有魅力，我再给您做几身好衣服就更帅了，过几天派人来给您量尺寸。"常越应付着说："大姐，别费心了。"

　　为了拉拢常副市长为自己歌功颂德，能评上市劳模、为企业搞合资，刘海晴把自己女儿派来给常越量体做衣。刘海晴的女儿乔丰怡真是比母亲有过之而无不及，她的巧手在常副市长的肩后腰间动来动去的，搞得这个中年男人好不自在。乔丰怡是学服装设计的，在法国留过学，设计的服装获过奖，的确才艺双全，但风流事做得也快活。一周后，当她给常副市长送衣服时就与他谈话投机，亲热有加了。

　　乔丰怡稳重不足，浪漫有加，和她在一起，少不了笑声、歌声和柔情。所以，常越心情特爽，他暂时忘掉了与韩雪娜夫妻间的不快。有小乔陪伴他觉得很尽兴。

　　乔丰怡每到星期五的上午就打来电话，暗示常越晚上约会。尽管常越希望在周末有女人陪，可是，再鲜美的果味吃多了也倒胃口。他觉得乔丰怡像浮萍，只懂得那些花前月下的事，没有政策头脑，不懂历史，不懂文学。懂色彩能升迁吗？只懂时尚能摆平这么大个城市的上上下下吗？再能干的男人也需要女人来理解自己、安慰自己，红颜知己是管什么用的，不是只解决肌肤之亲的，有时是解决男人思维和灵感问题的。

又是一个周末，乔丰怡给常越打电话，常副市长也犯了难。是去郊外的度假村，还是去开发区的花园别墅呢？反正，市内目标太大不行，还需要以写调查报告为名去郊外才好交代。

总是让秘书安排会留下尾巴的，还是要自己来安排，在为难之际，常越有些讨厌这个女人了，真麻烦！这时，他想到了妻子韩雪娜，这个女人确实不可多得，懂政治、善文学，对全市的各个党政机构、企事业单位了如指掌，如果想往市委副书记、省里的合适位置上蹿一蹿高，她还绝对是自己的好帮手、贤内助呢！

常越心中想韩雪娜了，想她对自己的益处，想她那风韵窈窕的身影，这思绪一起便控制不住自己了，常越真的想冲动一回，约韩雪娜共度周末，于是他拨通了韩雪娜的手机。

对方好长时间才接："是哪位呀？"话筒里传来韩雪娜那令常越心发痒的声音。

"大记者，装什么？"

"领导啊，有事吗？"韩雪娜显得很严肃，两人自争吵分居后便一直是用这种陌生的称呼交流。

"今晚，我请你吃饭。"

"不行，今晚我有事。"她话说得很肯定。

"我有一个调查报告要请你帮忙。"常越紧抓不放。

"改日吧，今天真的不行。"韩雪娜一再拒绝。

常越无法再说下去，扫兴地关上了手机，牙咬得咯咯响。鬼话，分明是不给我面子。

心情不悦时，乔丰怡来电话了："阿越，今天我来安排，咱们在郊外度假村，朋友的场子，放心。"

常越顺水推舟，反正这个周末和周六不会有事，市长去外地开会了。常越在南方的时候，周休晚上夜生活惯了，不过午夜12点睡不着觉。

每次和乔丰怡在一起的时候常越特感放松，她的时尚韵味令他陶醉，他也需要这个，从周一到周五的紧张工作令他不得喘息，在周末他尽量让自己全身心放松。

可这个周末，乔丰怡让常越的身体完全放松后，却提出了一个让他大脑高度紧张的要求。

"你是知道的，我妈这个人哪，没有她想干干不成的事。她是北都市有名的企业家，这钢铁制品厂安排下岗职工的事，她也要立个功，想合办服装工艺品厂。是个好事，只是钢铁制品厂的厂长没吐口，您给过个话呗。"

乔丰怡说得轻巧，常越听着挺心烦，他最讨厌女人来左右自己，用色相来做交换条件，可他心中这么想，嘴上又不好马上回驳，他嗯呀地应付着。

"到底行不行？"小乔娇滴滴的声音让常越从内往外地发颤。

"我妈的资金都准备好了，不同意就到国外进货了，过时不候！"小乔见软的不行，又来下马威。

常越挪开压在小乔身下的胳膊，想了想说："我跟他们沟通一下。"

"亲爱的老公！"小乔说着来个深吻，吻得常越上不来气。

"谁让你叫我老公的，我现在是在婚内。"他挣脱开趴在他身上的小乔，长出了口气，严肃地说。

"这不是显得亲热嘛，再说，你们不是分居了吗？"小乔见势不妙，马上改口，心里却意识到这是男人对女人玩够了还不想娶的心态。她觉得自己还没心嫁给常越呢。对小乔而言，这个男人的价值不仅仅是个男人，他主要还是个有权的副市长，不然，她怎么会如此献媚呢。早嫁了，还怕有更好的男人出现呢。她只为了把妈妈的合资厂的事办成，受什么样的奚落都能忍耐。

常越答应小乔的事，他就得办，他对自己的女人还是挺负责任的。他想来想去，还是让秘书先探一下钢铁制品厂合办服装工艺品厂的事。

告别 90 年代，历史车轮滚滚向前。陈重望率先突破国企改革难关、与外资企业合作，解决下岗工人难题，使北都市钢铁制品厂成为全市的样板企业，在全省同行业中也遥遥领先。市政府与电视台联合办一场大型活动，预备会上，陈重望被提名代表钢铁制品厂出镜讲话。没想到常越提出反对意见："陈重望代表不了钢铁制品厂的业绩。他的徒弟多，善于处理人际关系，这并不代表都是他的业绩！"韩雪娜严肃提出不同的意见："你不能道听途说否定一位改革成功人士。"参会的多数人同意韩雪娜的意见，并没有改变陈重望出镜讲话的提议！

节目播出后，陈重望的改革经验轰动北都市，甚至有辽安省其他城市的国企要来北都市钢铁制品厂学习。

常越气急败坏地赶到岳母家，进门就动手打了韩雪娜："你没离婚竟敢明目张胆地包庇你的旧情人！"

韩雪娜也扇了他一耳光："为了你的脸面和儿子，我没有和你离婚，也没有揭发你的恶行，离婚太可以了，但是儿子是属于我的！"

林楠气愤地说："常越，你这个人道德败坏，是政府里的败类，我支持你们离婚！"

这时，韩渊出来指着常越痛斥他："你不配在共产党的政府工作，我要组织作家声讨你！"这吓得常越屁滚尿流地滚蛋了。

林楠教育女儿，他这样的人你要注意调查他的一些败坏的事件。

三年一次的劳模评选工作开始了，各区工会上报名单，刘海晴被区里报上来，带来的负面影响很大，因为她的企业的各项硬性指标都不达标，只是因为常副市长钦点，区工会不得已才报上来的。市总工会领导班子讨论也很激烈，有人坚持按原则办，有人提出要给常副市长面子，郑杰也倾向把刘海晴拿下来，要让钢铁制品厂的耿强上来。

在市政府初选劳模协调会议上，常副市长一反往日斯文，厉声说："为什么没有刘总呢？人家安排钢铁制品厂下岗工人，产品在服装市场又有销售，年年捐款，扶贫榜上有名，还要怎么样？"

韩雪娜是跟踪采访全市劳模选举情况的记者，这次会议她在场，对常越的反常举动她也觉得奇怪，她一向觉得自己这个丈夫虽然自私，但是个聪明人，不会无缘无故给自己的副市长履历添上什么污点。他与刘海晴有什么特殊关系吗？她决定仔细观察常越。她假意向常越要劳模候选人事迹简介材料，正赶上第二天是星期天，常越只好请韩雪娜去他的住处。因为他和韩雪娜分居后就住在市政府的招待所里。

韩雪娜按响了门铃，常越还穿着睡衣，"为什么这么不修边幅？"雪娜本能地一闪念，想退回去，常越却说："没关系，只是拿一下文件嘛。"

韩雪娜走进门，却发现卫生间的门口有一双女人的拖鞋，还带着水珠。再往里走一步，她看到写字台上有女人的化妆品，一瓶 CD 香水还没盖上盖，室内一股 CD 香水的味儿，韩雪娜最熟悉这个品牌的香水了，她有时也用 CD 香水。这时常越已经把文件拿到手递给了韩雪娜。

"有客人吧？"韩雪娜随意问。

"大清早，哪有什么客人。"

"我先走了。"韩雪娜说完要走，常越也发觉了什么，忙说："你别误会，这是我表妹昨天来丢这儿的。"

事情真不凑巧，也许是里面的人故意的，卫生间里"叭"的一声，像是有什么东西掉下来似的。

两个人都怔住了，片刻，韩雪娜有些忍不住了，但又有分寸地说："我们虽然分居了，但还在婚内，这些年和你在一起我也累了，我只想好好工作，让儿子健康成长，希望你这个做父亲的别太过分了。"说完便转身出门走了。

常越并没有急着追出去，因为这时卫生间的乔丰怡出来拉住了常越，娇滴滴地说："你这个老婆不就是一个电视台记者吗，你这个副市长还怕她？"

常越甩开乔丰怡去关门，没想到这时韩雪娜正在门外。韩雪娜说："我抓个正着，看你还有什么可说的，这个女人是干什么的？我一定要与你离婚！"常越张口结舌，不知说什么好。

韩雪娜心中很郁闷，她反复克制自己，要求着自己，她不爱常越，可她总觉得委屈，一种被欺骗的感觉油然而生，一种好奇心和报复心理也悄然爬上心头。

她以记者职业的本能，留在招待所的收发室一角，说是简单看一下材料，收发室值班的大爷都认识她了，很自然让她留下来。韩雪娜坐在收发室看劳模事迹简介两不误，但就是看不下去。

她想去把那个女人揪出来，看他常副市长有什么好说的。可她毕竟是一个有知识、有身份的记者，如此会给多方面带来很大影响。

那么，这个女人是谁呢？雪娜想到了收发室的登记簿，可大爷说，这个人每次来，都是常副市长打电话让她上去的。"她经常来吗？"雪娜脱口说出。"也就是最近来几次，好像是什么服装设计师，留学回来的。"韩雪娜想再问但觉得有些过分，她愤然开车回家了。

回到妈妈家，韩雪娜发泄式地痛哭起来，并告诉了妈妈这一切。韩雪娜说："妈妈，我真的不了解这个男人。他出轨了，我们的婚姻本来就是一场悲剧。"她痛哭着向妈妈诉说着一切。林楠得知女儿为了父母和她深爱的陈重望牺牲了自己的爱情与家庭幸福，忍受着巨大的痛苦。她含着泪安慰道："当初你应该与我商量，为什么没有讲出这些事情，婚姻是不可以这样妥协的。那你先住在妈妈家吧，我帮你照顾楚天。你最近要加紧调查和搜集他一些伤风败俗的事实和证据。"

韩雪娜记住了母亲的话，开始准备与常越离婚的证据。韩雪娜开始组织记者和律师跟踪常越和那个女人。这不单单是为了自己顺利离婚，也是为争取儿子的抚养权必须做的事情。

为了与常越这个无耻之徒办离婚，韩雪娜也是下了一番功夫的。她不但请了律师做顾问，还拜托周海燕派她的记者调查跟踪常越。调查人举报："每到周五的下午，常越会去海边别墅度假村订别墅房，车里会带着一位年轻、时尚、娇艳的女子同往。至于那个女子还没有调查清楚是谁，但是有她和常越的照片。"

"太好了！有他俩的照片就行，谢谢你。"韩雪娜和周海燕几乎同时拍手称赞，齐声喊"谢谢"。

在法庭上，为了得到儿子楚天的抚养权，常越是有一番猖狂的强词夺理的论调："他姓常，他是我的血脉，我的儿子，为什么要给你？"

　　韩雪娜的律师义正词严地说："你是过错方，对婚姻不忠，在婚内有出轨行为，这说明你无法教育自己的儿子。他应由母亲来抚养，走正确的人生之路。"

　　常越厚颜无耻地继续反驳："我是过错方？拿出证据呀！"

　　这时韩雪娜理直气壮地站起来："这都是你卑劣行为的证据，你还想说什么？你这样的人怎么能够培养好自己的后代，你没有权利要儿子的抚养权！"

　　律师说："第一点，男方因为在婚姻关系存续期间违反了夫妻双方互相忠诚的义务，在外边有第三者存在；第二点，男方工作繁忙，很少有时间辅导孩子功课，教育好孩子，给孩子生活上赋予关爱；第三点，谁抚养孩子对他成长、生活、教育有利，就判归哪一方，这是《婚姻法》一个主要的原则。"

　　因为孩子长期跟母亲在一起生活，所以说他自己也表示愿意跟母亲在一起，孩子的表达意愿很重要。

　　出了法庭，律师单独告诉常越："韩雪娜手里还有你一些贪腐的证据，你还是乖乖把儿子抚养权让出来吧，不然你会人财两空的，还会做不成你这个副市长！"常越听后呆呆地站在那里，不知所措。律师微笑着赶上韩雪娜说，"下次开庭，就能判了，常越不会再申辩了。"

　　法院判了：楚天判给了韩雪娜，房子也有一部分归韩雪娜。离了婚的韩雪娜如释重负，把精力放在工作和教育儿子的重任上。离开爸爸的韩楚天有些不太适应，他也小不太懂事儿，他哭着问妈妈："你为什么不要爸爸了？"韩雪娜抱着孩子耐心地给他讲道理："不是妈妈不要爸爸啦，是爸爸犯了错误，他做得不对，对你也没有好处。""那我想爸爸了怎么办，我可以去跟他玩儿吗？"韩雪娜望着可怜巴巴的儿子无可奈何地说："妈妈每周带你去见爸爸。"小楚天的心情缓和下来："那好吧，你要说话算话。"

林楠用讲革命战斗故事和英雄们的事迹，给楚天灌输着红色传统。童年的成长是耳濡目染的，是近墨者黑、近朱者赤的效果。楚天慢慢地喜欢听姥姥讲的故事，喜欢那些英雄们。当他成了小学生的时候，已经是一个正气满满的小男生了，养成了为班级和同学们做好事的优良作风。

林楠为了让女儿放心工作，努力为她分担家庭负担。韩雪娜让儿子改姓韩，在这个有着红色基因的家庭教育下，韩楚天慢慢地端正了世界观，学习成绩也很好，成为正能量满满的小帅哥！

第十五章　严选

郑杰主席每天都要看省、市党报，这天刚上班，她翻开辽安省党报时眼前一亮，一版头题内容：

劳动模范受尊重，优厚待遇得落实

2001 年 5 月 1 日本报讯，我省已有 10 个市工会为 4400 余名劳模办理补充养老保险，500 名劳模投身推进再就业工作，安置下岗职工 2 万多人。

我省劳模队伍呈现出品质高、作用大、典型多的特点，并越来越受到国家、政府和社会的重视。辽安省堪称全国劳模典型的培养基地，从 1950 年至今，我省受国务院表彰的劳动模范共 1616 人，省以上劳模 24939 人。省总工会为了发挥劳模的骨干带头作用，组织劳模进行参政议政。召开座谈会、建言会、报告会，听取他们的意见和建议。北都市参加党的十五大的代表中，劳模占 50%。并选出十大主人明星被市长聘为联络员。充分发挥劳模积极带头作用，推进再就业工作。安排下岗职工 2 万多人，为稳定社会做出了贡献。省总工会发文件，劳模可每月享受荣誉津贴 120 元。省劳模可增发 100 元。全省为 2561 名劳模发放救济慰问金达 320 万元。各级工会在住房的问题上给劳模相当于企业中层或厂级干部待遇。鞍山钢铁集团开始集中解决劳模住房问题。北都市也出资 1300 多万元兴建了全国首批劳模楼两栋。省总工会注重对劳模文化素质、思想修养、技术能力的全方位培养。先后开办了三期劳模大专班，培训了 300 多人次。向全国总工会工运学院本科班推荐了 4 名劳模学员深造，现在全省已有 700 余名劳模走上领导岗位，其中有厅局级干部 28 名，省级干部 8 人。

看到这篇一版头题新闻，郑杰充满了信心，更加重视劳模评选工作。

北都市的劳动模范评选、报批、公示的时间越来越近了，郑杰的工作状态也越来越紧张，层层会议、多方面的审查在紧张有序地进行着。在市总工会党组成员会上，大家一致认为劳模评选是一个最敏感的工作，一定要慎重，还要尊重基层意见。

在基层推荐的劳模名单上，矛盾最突出的是刘海晴的去留问题。负责劳模评选工作的部长介绍情况时还讲明："市政府常越副市长对刘海晴持肯定态度。"这就使得会议有些僵持，大家无法明确表态。

还是纪检书记打破了僵局，他的发言抓住了要害，拨亮了大家心中的那盏灯。他认为："无论是谁的态度，都要以劳模标准考核为准，刘海晴的服装厂的纳税指标不达标，还有严重工伤的工人，对这种超标者我们不能向省里报。"

"对，这是依据，我们要坚持到底的。这区里没掌握原则报上来了，我们不能装作看不见，报到省里还会挨批评的。上一届报劳模，省里就把有硬伤的劳模人选拿下，并批评了我们不认真的态度。"主管劳模评选工作的副主席有理有据地说。

郑杰听完大家的发言，觉得这个问题很明了，就按投票方式通过每个人选。

市总工会的劳模候选人报表报到市政府之前，就有人告诉常越了，常越在市政府召开决定人选会议之前特意到办公厅看了报表，因为上了市政府的会就不是他所能左右的了，就是市委书记和市长也不好当众表态，别说他一个副市长了。暗箱操作，他又摆不平郑杰，这可急坏了常越。

他的确对刘海晴印象很好，虽然年过五旬了，干劲十足，厂里搞得还不错。他想来想去拨通了市总工会主席郑杰的电话。

郑杰从不让秘书挡驾，别说是副市长，就是哪个区里、厂里的工会主席，只要能拨到她办公室电话的，她都亲自接听。

听是常副市长的电话，她已经猜出了他的用意。常越直言不讳地讲了刘海晴的劳模报批之事。郑杰给了他一个不软不硬的答复："这是党组会最后的决定，现在已无法改变。"

常越心中无名火发到了秘书身上，他怨秘书没有提前把这个消息打听出来，并想借此机会换掉这个榆木脑袋的秘书。

"人家的秘书能顶半个市长用，可你连半个司机都不如。"

常越很懊恼自己不是土生土长的当地干部，人家当地干部的司机都特有人缘，有些事让司机、秘书就办个八九不离十了，自己怎么摊上这么个秘书。

其实，常越有所不知，劳模评选的事三年一次，他来本市才两年，没赶上过，这种事可不是哪个领导能自行解决的事，全国总工会有关于劳模评选的一系列硬件要求，差在哪一条上，在区、市、省层层往上报的时候都会被严格审查下来。

这几年，党和政府考核干部执政能力的同时，也考验着每一层干部坚持原则的标准。

常越万万没想到，市总工会也就是郑杰的杀手锏如此厉害，他听说过，工会那么多的工作都是"保姆"型的，可就是劳模评选工作是"管家型"的，而且是一个"大管家"，是省委、省政府的大管家。

这劳模评选活动，在新中国成立初期直到"文化大革命"前期都相当火热。在大国企里，争当劳模比争当厂长还火，因为这是莫大的荣誉。"文化大革命"结束后，随着改革开放的兴起，不单是企业，各行各业的知名人士都争当劳模。

尤其是企业家，好像谁不是劳模谁就像有什么短处似的，大家都争抢的事就越来越难。这几年，各级工会组织也很难心，市劳模三年评选一次；省劳模四年评选一次；全国劳模五年评选一次。每年的五一国际劳动节都要在北京开全国劳模表彰大会，党和国家领导人在人民大会堂接见劳模、戴红花、佩奖章，真是荣光至极！

除了这些荣誉，当上劳模，政府还有奖励，最主要的是国家有政策，在退休年龄和工资待遇上都有规定。劳模不仅有着诸多的光环和实惠的待遇，更主要的是一个至高无上的榜样效应，会带动整个企业、整个单位和周围场效应。所以每年年初，最早要提前到前一年年底就开始做准备。从基层考察报业绩，到区总工会，区里报市总工会、省总工会，再报省政府，全国劳模还要报全国总工会审批。

这么一大周折，怎么也需要几个月、半年的。可这层层审批的过程中，有些相差无几的企业家就跃跃欲试，其间当然免不了你上我下的。

劳动模范，顾名思义，是给劳动者的，厅级以上干部不参评。领导和企业家指数占比例极少，越少就越金贵，全市的企业家，谁选上谁荣耀。甚至连企业效益跟着都能提高，像大商场，老总是全国劳模的，营业员是省、市劳模的，那对消费者来说其服务质量和服务政策就是不一样，信誉好，百姓纷纷去购物。"保退保换，送货上门"，你买了衣服，7天之内，毫无理由想换想退都可以，真就一丝不苟。

其实，像大国企钢铁制品厂评选出的劳模要有硬性指标的，陈重望、张卫国当年选上劳模是几十年打拼下来，是用汗水、心血换来的。技术比武成绩好，按时计件又快又多，技术革新增加效益几十倍，像陈重望的师傅赵国柱那代"孟泰式"全国著名劳模，在传统标准基础上，政治思想境界还要高。赵国柱的"百宝箱"是他几十年日日夜夜利用休息时间在全厂义务拾废铁，变废旧设备为宝。传承下来现在传到了第三代耿强的身上。"百宝箱"变成了"百家库"，在三分厂的材料库里，关键时刻缺材料、缺工具都可以拿出来用。这次耿强被选上市劳模是当之无愧的。他已经是连续三年的厂劳模，他是全市技术大赛第一名，技术革新能手。他利用业余时间给全厂青年工人讲技术课，指导机床加工操作方法；他还攻读大学本科课程并拿到文凭。耿强的确是令人佩服的技术青年，这样的劳模名副其实。

第十六章 造 血

　　劳模名单张榜公布了，钢铁制品厂的耿强选上了市劳模。但他正面临下岗的边缘，他现在是在南洋汽配厂打工，这个问题相当严重。陈重望来市总工会向郑杰汇报，郑杰表态很明朗："一定要保住劳模的工作岗位，可以特殊安排耿强到其他分厂工作嘛！"

　　"但耿强不同意脱离分厂，只保住自己的生计。我也觉得这样不妥，我们要从根本上解决问题，我有一个成熟的想法不知可行不？我们想办法办一个能解决许多工人就业的合资企业，我去开发区同南洋汽配厂谈一下，看他们的意见如何。"

　　"这个想法很好，可以操作，你也可以任董事。"郑杰认为陈重望这个想法有新意。

　　"我们商定后把方案报给你，如果我可以任董事的话，就带领大家干吧，我豁出去了，宁可这个工会主席不干了，我也要带兄弟们闯出一条路！"

　　"不至于这么严重，你是可以兼任的，直到工人们完全与钢铁制品厂脱离劳动关系为止。"

　　"那我就干吧，我们一定会干起来的。"

　　"我们市总工会尽全力支持！"

出了市总工会的大门，陈重望像久困的老虎抛掉铁链一样，他想马上去找苏妮，可这苏妮的工厂在开发区，距市内要1小时，为了办事，他舍出老脸向郑主席开口借车了。

郑杰二话没说，把自己的车给陈重望用："抓紧办吧，应该雷厉风行。"陈重望如虎添翼，坐着郑杰的车向开发区驶去。

陈重望刚下车就遇到了从大门走出来的苏妮，苏妮看陈重望脸上表露出焦急的神态还以为出了什么事，恐怕他把钢铁厂的工人要回去，南洋厂投产的几批活可要靠这些工人们完成呢。

苏妮说："陈大哥，您亲自来是不是有什么急事啊？"

陈重望说："嗯，我想跟你商量件大事，我想和你们厂子建立一个合资厂，不知能否可行？"

苏妮弄清了他来的目的，释怀一笑说："有事咱们进屋谈吧。"

走进办公室，首先映入陈重望眼帘的是一幅闪烁画，画工细腻、精致，一看就出自大家手笔。屋子正中央摆着一张高级写字台，上面摆放着电脑、电话和一些办公用品。靠南摆放着一个大书柜，装满了书籍。仅从这一柜书中就能看出主人的学识渊博，陈重望不由得暗暗一惊，当年的小姑娘竟能如此出息。北边有两张真皮沙发，一看就很高级贵重，整间屋子给人感觉简单又高雅。

"来，陈大哥，这边坐。"苏妮指着那边的沙发说，同时又让秘书沏茶。

"你这里还挺别致优雅的。"陈重望带着微笑说。

"让您见笑了，这是我自己布置的。"苏妮开心地回应着，"陈大哥，那我们来商量一下建合资厂的事吧。"

"好，我和郑主席说了，她同意建合资厂，只是不知你们厂子是否有意和我们合作呢？"陈重望迫切地看着她。

"我想应该没问题。现在我们厂子的效益不错，也正缺人手和设备呢，如果建合资厂对我们双方都是互惠互利的。"苏妮高兴地说。

"那太好了！我们就商量商量，定个方案吧。"陈重望有些激动。

在这轻松愉快的气氛中，他们初步定下了方案，包括合资厂的规模、资金、设备、人员、场地、董事会成员、销售渠道等多方面意向。

这些事都落实后，最重要的是要做张卫国的工作，还要经过钢铁制品厂党组讨论，最后还要通过职工代表大会，这一系列工作，陈重望做了浑身剥一层皮的准备，就是油锅煎也得背水一战！

没想到的是，张卫国得知与南洋厂合资办加工厂的事并没有反对，他认为国企改革可以通过各种方式进行，可万万没有想到，他不同意陈重望介入此事。

"厂里工会离不开你，你不要介入此事，让周密他们搞去吧。"张卫国出口就这样说。

陈重望明白，张卫国是觉得自己没管过生产，不懂经济，如此惹恼了这位工会主席。

"我们不是一起读了业大的经济管理系吗？周密也没学过什么经济专科，只是熟能生巧而已，我对全厂生产情况了如指掌，有什么干不了的呢？"

"厂里的工作总得有个规矩吧，不能乱了阵营啊！"

"现在就是乱了阵营的时刻，被改革抛出去的人有地方接着就应该尽快抓住时机办下去，讲什么规矩方圆。"陈重望平时从不对张卫国这样说话，厂长叫他干什么就干什么，可这是非常时期啊，外面人都顺利通过，干吗自己人过不去呢？

"那还是按常规解决，先开班子会，再开职工代表大会，这是一件大事，我不能自作主张。"

"好，那咱们一言为定，尽快安排。"

张卫国不同意陈重望介入合资厂有许多原因，怕牵扯全厂工会的工作；怕主管生产厂长有想法；怕陈重望干出名堂来离开钢铁制品厂；种种原因他还没有想好，但他还是快速落实召开班子会商议，如果大家都同意，他再不愿意也没办法。

班子会上，周密听了这个方案，觉得是个好事，可自己也不能明目张胆地去争，干着急无法开口。厂党委书记项天明表态："企业在非常时期就要做出非常的决策，与外资企业合作办厂分流富余人员是良策，也是国企改革转制的途径之一。工会主席兼任合资厂的董事我们市是有政策的，重望应该去市总工会找一下有关详细条文，我们要有理论根据和政策出处就完全可以执行。"

项书记虽然不是钢铁制品厂老人，但在全市工业口很有名望。他在工业管理局多年，对各种有关工业的方针政策理解得透彻，人很正派，平时少言寡语，关键时刻一言九鼎。张卫国非常尊重项书记的意见，生产方面的大事他都请项书记把关。

几个副厂长也认为这是好事，至于陈主席是否出任董事的事，只要政策允许是可以试一试的，因为三分厂的工人是他带出来的，应该没问题，只是又干工会工作又要兼任董事工作担子重了。

"重望，你要注意身体，把工会工作多分担给副主席，如果没有不同意见这事就可以马上操作了。"张卫国看事情明了，也愿意让陈重望过去，他必然会为全厂分忧。

张厂长话音刚落，一直没发言的周密开了腔，他提出了一个大家都没有预料到的事，他竟要与刘海晴合资办服装工艺品公司，而且这个公司吸纳工人不限制性别、年龄。

大家怔了许久，都等着张厂长表态。

　　这可难倒了张卫国，不同意吧，前有车，后有辙；同意吧，不知是什么来意。他只好应付着："这件事嘛，也是个好事，但钢铁制品厂办什么服装合资厂可不妥当。"

　　"我考虑过了，可以和我们厂的第三产业合办，收纳三分厂的女工和年龄大的工人，也就是工会所说的'4050'人员。"

　　这还给陈重望将一军呢，因为陈主席的合资厂肯定要有技术标准和年龄要求，那么剩下的人怎么办？

　　项书记又表态了："这个方案要作详细些，对方是什么企业，投资多少，我们不熟悉的行业怎么管理，这需要一段时间调研。"

　　"今天的会就这样了，周密这个项目下次方案拿出来再讨论。"张卫国看大局已定就宣布散会了。

第十七章　深　陷

　　刘海晴要劳动模范这顶桂冠是另有别用的，她打这张一星管二的牌，又荣光，又能给厂里带来效益。她把女儿献给常越是为了能得到关照，可没想到在这方面副市长没有工会主席好使。

　　刘海晴回到家里跟女儿发火，埋怨她没有真正的魅力和能力，就是个地道的花瓶，把人都献上了，正经事没办上，真是赔了夫人又折兵。

　　乔丰怡哪能受这个，她怨妈妈平日里没拿工会当回事，还就是工会有实权。

　　"那个郑杰是个软硬不吃的主儿，我一看她就晕。"刘海晴提起郑杰真是无可奈何。

　　"是人家一看你就吐！"不吃硬的女儿回应着不知天高地厚的妈妈。

　　"你这倒霉的孩子，怎么说话呢？"刘海晴急了。

　　"嘿，妈，本来就是嘛，你太招摇了，应该含蓄一些，企业家、女强人也不都像你这样啊。你看多少女强人温柔可爱的，照样干大事。"

　　"拿你妈跟她们比，真好意思！"

　　"那你一看就是'文化大革命'期间造反派上来的。"

这娘儿俩越说越多，收不了场了。刘海晴就操起老王牌翻账："你能，你还不是老妈用钱堆起来的。我出身卑贱，缝纫工，还不是我造就你这个洋设计师。"

"妈，我是为你好，让你改变观念，又不是看不起你，否认你的功劳和能力。"

刘海晴觉得女儿说得有道理，情绪也控制下来，不作声了。

"妈，劳模咱不要了，我把合资厂的事给你办下来，这可是个实惠的事，厂子办起来，咱们跟国外合资把他们甩了，我来给你运作、经营。"

刘海晴一听此话乐了："这才是我的乖女儿。"

刘海晴给女儿10万元活动资金打点上下，重点是常越和钢铁制品厂的周密，立誓要和钢铁制品厂合作办服装工艺品公司。

新的预谋并没有填平刘海晴对劳模事件的心头不忿，她扬言郑杰偏袒钢铁制品厂的陈重望，指标多给了他们厂。这话当然也通过乔丰怡传到了常越耳边。常越觉得郑杰不但不给他面子，而且真有些偏爱钢铁制品厂，他准备伺机找出其中的奥秘。

这周密闹了个不红不白的脸。他恨常越给他安排这么个不体面的事，人家陈重望搞的合资厂正对口，后台也有实力，这钢铁制品厂办服装工艺品公司叫什么事呢！他决定给刘海晴个回马枪，讲讲办这事的难处，不然也对不起她给的那2万元的好处费。

刘海晴看周密拿不下这个项目又来找女儿协商，于是把这个合资厂20%的股份让出来给乔丰怡支配，还把合资厂的经营权交给女儿，自己只当董事长。

乔丰怡在国外养成的习惯，跟母亲办事也讲个价钱高低、划不划算。这诸多条件促使她风转轮回地干劲十足，马上找常越加把劲。

乔丰怡约常越去韩式汗蒸馆，两个人蒸得浑身透汗在玉床上按摩，真销魂哪！常越暗自赞叹自己的魅力，能让小姐请男士消费。可仔细一想，这哪里是男女情感之事，这分明是权（钱＋色）的交易。这小乔的砝码可就重了，现钞＋股份＋美女，这种事不办可是天下的傻子，况且这合资办厂，开发再就业岗位，安置下岗工人有十足的理由，常越满口答应了小乔的要求。

"我答应你的事，你答应嫁给我吗？"常越在小乔面前不时要扮嫩，扯扯浪漫的闲篇，不然怎么会同这个与自己差十来岁的时尚女郎配得来呢。

两个人是是非非地互相忽悠着，其实，谁也没下决心嫁或娶。这乔丰怡心中还想着国外的一个大富翁——巴顿先生，他能使她实现登上巴黎卢浮宫的梦想。眼前跟这个小小的副市长只是为妈妈办点实事，也不枉她老人家高价把她培养成"洋设计师"。

常越所谓的智慧是对该办与不该办的事分得很清，开发再就业岗位这是个很容易开口的话题，他给自己找足够的理由来强压钢铁制品厂办这个服装工艺品厂。他未加太多考虑就拨通了张卫国的电话，他怕再让秘书办砸了。

张卫国对常副市长当然是不会轻易拒绝的，但他也不能一下子同意，他只是答应马上开会研究，竭力促成这个项目。

几天过去了，常越又来电话："我也是为贵厂着想，尽快解决下岗职工的问题。"

"谢谢领导关心，我尽快落实。"张卫国身为大国企的一厂之长，他对市里领导用不着低三下四百依百顺，但也犯不上没事找事去违背领导意图。尽量顺应少找不愉快，何况这也是一件好事呢。

在一家高端茶室里，常越请张卫国喝茶。

常越："这也算我对贵厂的工人表示一下心意，帮不上什么大忙，这个厂办好了，解决千八百号人就业不成问题。"

张卫国："谢谢领导关心，我马上落实。"

其实，这个服装厂用不了很多人，刘海晴唱的是"空城计"。招聘只是掩人耳目，她的合资方案是自己厂以80%占有股份，其中固定资产就占60%，20%的资金与钢铁制品厂是相等的。

钢铁制品厂没有服装业的设备、厂房，只得投资金，为了解决工人们的去处，也只好同意分期到账。总投资500万元人民币，20%就是100万元。分期付款，对钢铁制品厂来说也不算什么，何况是签了2年的合同。刘海晴是要给300个工人开支的，谁占谁的便宜一时还真看不透。

合资的服装工艺品公司的经营权是掌握在刘海晴手中的，这是非常关键的。钢铁制品厂只派出周密来任董事，会计定期查账。大国企的风范一般也不与小企业计较太多。

钢铁制品厂合资的服装工艺品公司成立了，刘海晴来钢铁制品厂招工，可工人们对刘海晴不了解。

胖嫂："我们宁愿跟着厂工会一起赚辛苦钱，也不愿到什么服装厂。"

几名女工："你给我们的工资太少了。"这可难坏了刘海晴，她咬着牙下狠心每人每月多加200元工资，才招收了300名工人。

就这样剩下的工人没地方可去，有些工人要离厂自谋生路了。陈重望回到家里闷闷不乐，妻子马玉节迎上前："回来了，怎么又愁眉苦脸的？"马玉节给他倒了一杯水："再大的事也得慢慢来，别愁坏了身子，你有糖尿病不能着急。我去热饭，早就做好的饭，肯定凉了。"

　　陈重望仍像没听见一样，望着天花板，深深地叹了口气，迷迷糊糊回到那火红年代的场景……

　　钢铁制品厂车间里，省、市领导在观看技术表演，张卫国、陈重望在分别表演车、钳、铣工技术，机器轰鸣，铁削飞转，观看的人目不转睛。当宣布张卫国、陈重望分别为车工"状元"和铣工"状元"时，工友们欢呼一堂，他们两位的师傅赵国柱在旁边更是乐得合不拢嘴。陈重望仿佛看到这个年代快回来了！

　　与钢铁制品厂合资的服装工艺品公司可算是成立了，刘海晴兴致勃勃地宴请常越、周密，在海鲜酒楼包房吃饭，乔丰怡也在场。

　　刘海晴："谢谢你们两位。"

　　常越："我们领导就是为大家办实事的。"

　　乔丰怡："我妈也是知名企业家。"

　　周密："对，是这样的。"

　　刘海晴："咱们共同庆祝，干杯！"

　　刘海晴像吃了蜜糖似的，直夸女儿没白培养，关键时刻用上了，她要以宴请常副市长和周副厂长为名庆贺一番。

　　刘海晴带上她厂里的销售科长何小媚，这小何是模特退役的，身高 1.78 米，号称"关东第一花"。几年前是北都市服装节上法国服装公司签约的当地模特，上镜率相当高。每逢服装节期间，电视节目、报刊上都有她的录像和照片，模特的冷艳比影视明星的妩媚杀伤力更强。

　　当何小媚一出现在常越和周密面前时，这两位正当年的热血男子不禁为之一震。

　　常越的眼球几乎凝固了，都说苏杭出美女，他来到北都市后可彻底否定了这个久传不衰的传言，北方女人身段好，皮肤细腻，神情更撩人，温柔中带着泼辣，这模特转业的女子就更妩媚动人了。她能点燃男人的欲火，更能使男人燃烧起来。常越情不自禁地脱口说出了心中的话："我们北都市真是美女辈出的地方，刘总的女儿漂亮，员工也靓丽！"

常越赞赏美女也要带着官腔掩饰自己的好色，这一语双关，也使得正在醋意发作的乔丰怡气泄了下来。常越暗中为自己官场、情场上的伎俩叫好。

这五个人进入温泉别墅，连吃带泡地一晃几个小时过去了。刘海晴和女儿商议着应该让他们在这里过夜。

"那可不行，时间长了，常越和小媚勾搭上怎么办？"乔丰怡叫着。

"傻女儿，你看住你的男人，让她把周厂长拉下水，今后我用他的地方多了。"

"嗯……你让小媚拖住周密住在这，我们三个一车先走。"

"好吧，就这么办。"

其实，最不想走的是常越，他借着酒劲已经摸了何小媚的大腿。何小媚当然也想攀上这个副市长，她哪里知道老板的女儿早已套上了这块肥肉，哪里还有她的份。

刘老板让何小媚陪周厂长住下时，她满心不快，刘老板马上明白她的意思，留下了1000元钱给她。

"陪好！回去还加薪！"

何小媚并不是跟什么男人都能上床的，她看不上眼的，给多少钱都不干。这1000元钱，她没接。

"怎么，嫌少啊？再给你1000元！"

何小媚心中暗算，先拿着钱，她怎么知道我干些什么。

她不情愿地收下了钱。"好吧，我尽量给你办好。"

"这是什么话，一定要拿下，这是一块肥肉，日后有你的好处。"随后，她又把微型摄像机给了她。

"要这干什么？"小媚不解。

"傻丫头，为了你，也为了我，少废话。上次对日本客户时你不是用过吗？幸亏这玩意，要不然我赔了姑娘又折兵。"

何小媚回想起上次老板派她去宾馆陪日本客户的事，还真是这小摄像机起了作用。要不然自己白陪他住一晚，第二天，刘老板来了，那小日本不想签约放定金了。说什么看销售小姐有信心，看这老板像城边的个体户，做不出好服装。

刘海晴急了，把这致命的小玩意一放，那日本客户当即傻眼了。乖乖地签了约，还付了 50% 的定金。

何小媚照老板的要求拉着周厂长进了包房，她良心有些过不去，这个周厂长本不是色狼，硬是被她拉着躺下作按摩。刚不多会儿，何小媚就把按摩小姐支走了。可最后，无论怎么撕扯，也没办成其事。这个周副厂长本来性机能差，平时，跟媳妇四平八稳地在自己家中就费劲，在这种场合，更是心惊肉跳的，根本无法投入这美女温柔的陷阱。

"大哥，你别紧张，我不是非要你怎样，我们只是处个朋友，这次不行咱们下次还有机会。"何小媚都不忍心了，反倒劝上了周密。

周密这一顿折腾，大败了男人的威风，听何小媚说这话还有台阶下。

"是啊，你看，咱都是正经人，扯这套干什么。妹子，你以后有用得着大哥的地方吱声。"说着，他起身点上了烟，大口大口地吸起来。

这何小媚也点了支烟，两个人促膝谈上了心。这可真是鬼知道他们干了些什么。

面对那刁钻的刘老太太，何小媚多了个心眼，硬说自己粗心没录下来，把老板气得不再给她加薪了，还要她以后负责跑周密的关系线，下一个任务就是催他们厂把投资款打到账上。

周密被这何小媚折腾得回家愣是睡不着觉，想着自己的无能深感懊恼，到嘴边的肥肉吃不上。

第十八章　曙　光

时间隧道载着改革者的理想飞奔，国企改革进入崭新的 21 世纪阶段，政府推出各种政策推动国企走出困境。

陈重望把日常工作交给魏副主席，带领小范分头跑市工商局和开发区有关部门，快速办理与南洋厂合资厂开业的事。南洋厂的苏妮征得林总裁的同意后快速将合资方案报去马来西亚华人总商会。总商会也快速研究，并通过视频交流两国间合资的具体事宜。

在屏幕中看到马来西亚南洋厂的董事会议和华人总商会成员会议现场实况，陈重望深有感触，同是华人，思维、素质、能力却相差得如此悬殊。他们是生长在南洋的几代中国人，因为常与西方国家来往，英语成为第一用语，汉语却逐渐生疏，陈重望看英语像看天书一样，只得通过翻译来沟通发表意见。

令陈重望兴奋的是，徐老师在会议现场向这边问好，她表示：特别愿意支持家乡的经济建设，并以她个人的名义投资占 20% 股份。加上整个大马华人商会要共占 31% 股份。北都市经济开发区的南洋汽车配件厂投资占 20% 股份，钢铁制品厂只占 29% 股份，即技术工人、出场地和现有设备，也就是三分厂的厂房。工人的工资、待遇都由新的合资厂投入。要能解钢铁制品厂即将下岗工人工资的燃眉之急，钢铁制品厂领导班子又召开了一次会议就迅速地定了下来。

北都市钢铁制品厂和北都市开发区的南洋汽车配件厂合资厂正式挂牌成立，注册资金 1000 万元人民币。法人是苏妮，陈重望是董事。公司名称为北方钢铁制品有限公司。陈重望给工人们开会：厂党组已通过我们厂与南洋汽配合资办厂的方案，我们钢铁制品厂的工人可以入股成为合资企业的主人，没脱离钢铁制品厂的厂籍。每 500 元成为一股，上不封顶，现在报名。

工人甲："我参加！"

工人乙："我算 1 股！"

工人丙："没有钱怎么办？"

耿强："我砸锅卖铁也入股！这是我们自己的企业，我们摘去了钢铁制品厂下岗职工的帽子！"

胖嫂："我借钱也入股。"

众人："对，我们都参加！"

这时，陈重望脸上流露出了微笑，他看到了曙光。

这一天，北都市的阳光也特别灿烂，北方钢铁制品有限公司成立庆典在市政府广场举行。郑杰主席、常越副市长等领导、钢铁制品厂领导班子成员、苏妮均到场。工人们站着方队，大家心情愉快，喜气洋洋。

主持人："北都市钢铁制品厂和北都市南洋汽车配件厂正式挂牌成立北方钢铁制品有限公司，注册资金 1000 万元，苏妮是法人任董事长，陈重望是董事兼任总经理，耿强任副总经理兼生产厂长……"

这是北都市国企与外企合资的成功举措，市总工会对钢铁制品厂的支持是造血型的，不只是一时输血型的，陈重望任合资企业的董事还是新时期改革的创新政策，这为工会主席进入企业经营实质性工作迈开了一大步。

市委领导宣读了热情洋溢的贺词。郑杰更是满面春风，她亲手促成了钢铁制品厂与南洋汽车配件厂的合作，最重要的是工人们有了新的岗位和稳定的收入。她代表市总工会讲话，鼓励工人们争当"金牌工人"，将来有迈出国门的机会。

常越的笑容是挂在脸上的，内心在想着为他和乔丰怡的服装公司打铺垫，他想不久就要召开的庆典一定要搞得比这隆重。他和小乔商议过，要搞一场服饰表演大赛，还要请来法国设计师和日本、韩国的客户当场订货。

想着想着，只听主持人宣布请常副市长讲话。

常越几乎不用秘书写好的讲话稿，他的确有领导的风度，高超的口才，讲话从没有缀语，内容虽然是一些没有激情、没有灵魂的官话套话，但都挑不出什么毛病，干净利落，同样博得了掌声。

最振奋的应该是陈重望，他是代表合资厂讲话的，可他的心情却是错综复杂的。他总觉得自己的身份改变得不明不白的，国企工会主席兼合资企业的董事，这是什么角色？自己在这个世界中生活了半个世纪，还是第一次尝试。带着国企里走出来的兄弟姐妹们，他百感交集，到新的企业、新的环境，大家能不能适应，这都需要摸着石头过河，真是别有一番滋味在心头。他沉重的心情并没有表露出来，这是一个喜庆的日子，他应该高兴才是，讲话前他提了提神，使自己振作起来。

会场静极了，好像大家都在等候着陈重望会讲什么。工会小范给陈重望写了一份稿，他也反复看了几遍，这稿写得还不错，可陈重望总觉得不那么发自内心，听起来不那么令人鼓舞，可他又想不起什么更好的词语。

当陈重望往台上一站，就觉得自己精神抖擞，他高兴的并不是自己当上了什么董事，到现在他还没详细弄懂当这个董事的作用究竟是什么，他高兴的是，钢铁制品厂面临下岗的工人又有了新的岗位。想到这，他第一句话就冒出了与政府官员腔大相径庭的话，令工人们身心振奋。

"兄弟们，我们扔下铁饭碗，却捧起了金饭碗，大家要珍惜啊！不然也会变成瓷饭碗、泥饭碗……"这就是陈主席、陈董事的讲话风格，他是工人出身，工会主席也是和工人打交道的，所以他的话也是讲给工人们听的。

"在这个企业里，工人是主人，人人是股东，你不干就是拆自己的台，你卖力气，收获有你的份。你说咱们咋个干法？"这是他这个大国企工会主席的打法，有鼓动性、有互动性。

果然，下面有人呼应，"豁上命干呗！"不知是谁喊了一声，下面近千名工人都举起拳头高喊："干，卖命干！"

一阵喊声过后一阵掌声，陈重望见好就收，借着掌声收了场。

合资后的北方钢铁制品有限公司建立在北都市钢铁制品厂的三分厂和即将停产的五分厂内。经过翻新改造后，厂房整洁、清爽，令人心旷神怡。马来商会投进了 10 台数控机床，其他也都换了新的车床和铣床。这里就是企业的殿堂，工人们在车间里可是密集型的，每人操作一台机器，一个挨着一个。技术含量高的产品，设备也优良，用数控机床，操作者当然也要求高，南洋汽配厂的工程师来指导技术操作。耿强对操作数控机床有基础，他带领徒弟很快学会了数控机床的操作。

在合资厂工作的工人们穿上了整齐的天蓝色工作服，意气风发，信心十足。在开发区南洋汽车配件厂出劳务的三分厂的工人们都回到了合资厂。中午，大家轮流在大食堂吃饭，都静静地没人喧哗。钢铁制品厂的工人们还不习惯，原来一到中午，人们在食堂里有说笑，热闹非凡。看到这光景，他们也随之静静的，但大家脸上都显现着轻松愉快的表情。午饭过后，苏妮特意过来看望合资厂的工人们。看苏妮来了，大家客气地起身让座。

工人们知道是苏妮给了自己二次就业的机会，当然有感激之情，苏妮对钢铁制品厂的工人也有感情，这种感情是因为苏妮当年在北都市的故乡情结，更重要的是她对陈重望的感情，这种感恩情结促使苏妮对钢铁制品厂的工人有一种责任感。

"大家不要客气，有困难先向我提出来，我尽量给大家解决。"苏妮笑着说。

耿强被选为合资厂的生产厂长，他提出来有些图纸标的是英文，工人们根本不会英语，希望办一个业余英语速成班，只是工作常用词汇，让人能看懂图纸就行。

苏妮说这个好办，她安排一名既懂英文又懂中文的马方技术员来当他们的补习老师，只是工人们要利用业余时间来补习英语。

苏妮走后，耿强与工人们研究分两个班参加英语学习班，有基础的年轻人进"加强快班"，无基础的年龄大些的进"普通班"，这样快班会很快看懂图纸，来带动"慢班"。

苏妮派来的马方的技术员是一位年轻的女性，叫依莲伽，她出生在马来西亚，父亲是华人，母亲是马来人。她从小就使用英语，又跟着爸爸用汉语，不像现在马来西亚的小孩子已经不会听、说汉语了，他们完全被西化了。

依莲伽大大的眼睛，有些厚的嘴唇表明她的马来血统，只是还不像马来女孩那么黑，这种混血恰巧遗传了父母双方的优势，显得那么恰到好处。

只是她的汉语不像苏妮讲得那么流利，工人们很喜欢和这位具有东南亚风情的中国血统的漂亮姑娘打交道，他们习惯叫她莲伽，莲伽也给这个纯中国血统的群体带来了新鲜感和乐趣。

　　只是工人们英语学习得很吃力，由于依莲伽的中文讲得不到位，有些平翘舌发音不准，大家听起来很费劲。马来西亚人的英语发音也不是标准的英式或美式发音，而是当地自产的不标准发音，这英语就学得走了样。

　　可工人们不懂，觉得很有成果。耿强是自学英语，但对话发音不标准，他只是为了搞技术革新时翻资料而用。可几堂课下来，耿强发现了这个问题，但他并没有当众问依莲伽，准备找机会同她个别谈一下。

第十九章　君　子

这天晚上下课后，耿强约依莲伽有话说。

耿强怕直接点出缺点她接受不了，婉转地与依莲伽谈话："你生活在我们这北方城市还习惯吗？"

"还可以，气候很爽，冷的时间也不多。"依莲伽误会了耿强找她的目的，以为这位中方厂长很关心她是有什么目的。

"你对我们工人的印象怎么样？比马来的男人粗鲁吗？"耿强平时不会与女人闲谈，谈话艺术并不娴熟，一下子也没什么新鲜的话题。

依莲伽看着这位质朴、帅气的东北男子汉，瞬间觉得自己很有魅力，不然怎么会惹得这位中方厂长对她如此热情。

"你，你们马来人是否讲英语不太正规呢？"耿强终于道出了实情。"什么，不正规？不是的呀，我们就是这样子的。"依莲伽感到莫名其妙，有些不高兴，耿强看她，吱呀地讲不清楚，就不想再讲下去，只有找苏妮来解决吧。

可这依莲伽却在不知不觉中对耿强产生了兴趣，她认为耿强这样的男人在中国也是属于能工巧匠的，论年龄正当年，论技术也算得上万里挑一；论相貌是典型的东方男子汉形象，还很会关心女人。依莲伽浮想联翩，她想到自己近几年回不了马来，也到了出嫁的年龄，能在这边找个如意郎君嫁，也是件幸事。中国泱泱大国，又是与父亲同民族，想着想着，依莲伽冲着耿强微笑着，用手来拉耿强的手。耿强没防备，这一切来得太快，依莲伽的手已经拉住了耿强的手。"强哥哥，我们去那边坐一会儿。"这些年，马来这地方的年轻人很西化，对爱意的表达很直白，很迅速。

耿强的脸有些红了，他好不容易推掉了依莲伽的手，急忙说："我还有事，改日再谈。"

"哎！哎……你？"依莲伽一头雾水，不知这个男人为何变化这么快，"唉，真是个怪人。"

耿强吓得一口气跑出很远，全身渗出了汗水，他庆幸没有别人看见，正向周围观察却一头撞在了一个人身上。

"啊！你……"

耿强撞上的是陈重望，他下班没走，去各车间看看，又要约苏妮有事谈，刚才耿强和依莲伽的一幕他都看在眼里，他不知道这里是什么情况，还真以为他们处了男女朋友，其实这也很正常，谁和谁交往都是注定的缘分。耿强也该有个媳妇了，只是这马来女孩怎么能做我们东北汉的媳妇呢。

"陈主席，是您啊！您没回家？"耿强心中慌慌的。

陈重望像没事人一般，大度地说："今晚咱俩喝两盅？"

"行，这月我们完成任务了，应该喝一顿。"耿强顺水推舟，心里舒坦多了，估计着陈重望可能是没看见。

正为难时，苏妮过来了："陈董，马来总会那边来了一份传真，到我办公室去看看。"

苏妮改口真快，不叫陈主席，也不叫重望哥了，就是直呼陈董，又规范，又亲切。她早把陈重望当自己企业的人了。

耿强见陈主席有急事走了，心中闷得很，他真后悔不该自己单独找依莲伽谈这个事。

陈重望随苏妮来到她的办公室，这是厂办公区域尽头的一间大办公室。当陈重望走进房间时才细细地观望着这里的一切。第一次来这里时急匆匆走了。现在仔细观察不觉为之一震，眼前的场景使他出乎意料，苏妮的办公室像一个综合的大工作间，分成了4个区域：

办公区：大大的写字台上有两台电脑，顶级的复印、打印、传真、扫描一体机和电视。

展示区：书柜，产品展示柜。

生活区：整理箱等，微波炉、烤箱……

里边的空间被一个大柜拦隔着，隐约通过衣柜镜子反射出一张床的一角。

"你本应该住在宾馆的，为什么要这么做？"陈重望不解地问。

"在马来，企业的效益都与成本有关，最大限度地降低成本，就是提高利润，企业效益又与我们每一名董事有着密切的关系，大家都像经营自己的企业一样来精心经营股份公司，所以，我也是在极力控制自己的成本核算。这样，时间也升值了，工作起来很方便。"

"你真是一个工作狂，这是一个逼你每时每刻都在工作的空间，比起你来，我们惭愧极了。"

陈重望从心中敬佩苏妮精到的经营理念和对企业负责的态度，同时又觉得自己这个老国企出来的干部怎么能适应这个企业的管理层的水准呢，想着想着他急忙问：

"总会来的什么传真？"

"啊，没什么重要的事，是我妈妈又给我们厂揽到了一批汽车加工部件。"

"那好啊！首先谢谢她老人家。"

"不用客套，这也是她的企业嘛。"

"对，对，她还是我们大股东呢。"

陈重望一时还没养成仰视别人的习惯，新中国成立以来，钢铁制品厂一直是全市工业制造业的龙头老大，他也一直以主人翁的心态在厂里生存，当一名工人很伟大，当工会主席是工人的代言人，更伟大了。可这董事，在这合资的企业里，是什么能算数的角儿呢？怎么总觉得是听别人安排的呢？

苏妮好像看穿了陈重望的心理，她笑盈盈地说："来，重望哥，坐下。"她把陈重望让在一个二人沙发上坐下。

这个沙发坐一个人有些大，坐他们两个人又有些紧张。

可陈重望也躲不过去，苏妮倒没觉得挤，她就想找这个机会和他挨紧密一些，这几天，她一直想和陈重望促膝谈心。"我真敬佩中国东北的男人，每天都规规矩矩地早些回家陪老婆，这样怎么能把自己融入大千世界呢？"

苏妮用她那灵巧的手给陈重望倒咖啡。

"晚上了，我不喝这个。"

"在大马，这个时间男人们都在喝咖啡、喝茶聊生意。"苏妮说着给陈重望倒红酒。

"那他们老婆没有怨言吗？"陈重望终于被拉上话题的轨道。苏妮举杯让陈重望喝红酒，他喝了一口："我不能喝甜的。"

"他们不敢有怨言，男人就是天，就是一切，他们要赚钱，要养家，每家都有三四个孩子，女人很少在外面打拼。白天，往往是丈夫上了班，妻子要送大孩子上学，二孩子上幼儿园，肚子里又怀了一个几个月的胎儿，男男女女都很累。"苏妮又给陈重望打开一瓶干红。

"唉，是这样啊，那可真是够累的了。"

"有钱就不累，可以雇几个佣人，女人就会上美容院、逛商场，男人就要赚更多的钱。"

"那儿的男人比中国的男人累多了，女人还好。"陈重望迎合着说。

苏妮举着酒杯说："这个不甜，你总该喝了吧！"

"好，我喝。"陈重望终于喝了一杯。

"女人好惨啊，当她们生完儿子，人老珠黄，男人就会移情别恋，有第二个女人，这是马来西亚国情允许的。"苏妮又自饮一杯。

"原来是这样，这会很惨。"陈重望不知苏妮为什么会讲这些话。

"唉，中国的男人也是一样，听说也有许多版本的婚外情模式，还有什么'包二奶'。"苏妮有意要引陈重望讲这个话题。

"这个嘛，毕竟是少数，正统男人是多数。"陈重望觉得苏妮今天怪怪的。

"天下好男人有几何，女人只有干自己的事业，才有出路。"苏妮举杯与陈重望干杯。

"来，cheers！"苏妮简直是逼陈重望喝，她的胳膊已经搭在了陈重望的肩上。

"你喝醉了。"陈重望起身推开了苏妮，站起来，他有些慌张，这一男一女同居一室，讲不清楚。可苏妮醉了，又不能不管，他突然想起耿强在厂里，便给他发了短信。耿强接到陈重望的手机短信，马上找到苏妮的办公室。

当耿强推门进来的时候，陈重望已经把苏妮放在沙发上，自己站在旁边不知如何是好。苏妮半倚在沙发上，还想喝酒，喃喃自语："什么算是好男人呢？"耿强明白了这里发生的一切，他配合陈重望把苏妮手中的酒杯拿开，把她扶进卧室。

这时，他们发现传真机旁边的纸，上边写着：离婚协议。两个人方理解了苏妮内心的苦楚，就没再说什么，轻轻地关上门。

几天后的一个傍晚，晚霞映在海面上，陈重望气喘吁吁地赶到海景公园。他看到苏妮，急切地说："你约我来这儿，有什么特殊事吗？"

苏妮："没有特殊事，就不能来这吗？"

陈重望："这是谈……总之，不是我们谈话的地方。"

苏妮："这儿是谈情说爱的好地方，同时，也是我们谈话的好地方，你只知道和我在机床前、在办公室里谈你的什么工作，你有没有一点男人女人的空间给我。"

陈重望："我们，是男人……女人……"他双手摊开，不解苏妮的意思，"是，男人、女人，可我们是同事，是朋友。"

苏妮："那我们不可以朋友加……加……"苏妮转过身去，脸红了，又突然转过来，双手抱住陈重望的双臂，"不可以是恋人吗？"她终于大胆地、肯定地说出来这句话。

陈重望愣住了，他没有想到苏妮会这么说，面对这个帮助过自己又无可挑剔的女子，他一时茫然了，他甚至不敢一下子把她的双手松开。苏妮眼中充满了泪花："我从小就对你有依赖感，你像亲哥哥一样爱护我，现在又被你的男子汉气质深深吸引，你的人品、你的才识让我倾心，我为你做什么都情愿，我什么都不想索取，我只想得到你的爱怜。"

陈重望长叹口气，还是慢慢松开了苏妮的双手："小妮，我已经结婚了，连女儿都那么大了。我一向只拿你当妹妹，况且你现在这么优秀，解决了我们钢铁制品厂的燃眉之急，这是我一辈子都不会忘记的，我们是一辈子的好朋友。但是其他的关系，你不要想了，我对你没有其他想法，更不能做出对不起你玉节姐的事。更何况，钢铁制品厂才是我这辈子最看重的，我早已埋葬了自己的爱情，现在绝对不会背叛我的家庭了！"

　　苏妮也冷静了下来，说道："重望哥，我知道你是个好人，既然你不喜欢我，我也不勉强，只是想借此机会向你表明心意。你说你埋葬了自己的爱情，我就全明白了，是那个姓韩的记者吧？你不必惊讶，我知道你不会做对不起玉节姐的事。我也不会把今天的事情说出去，我们永远是相互信任的合作伙伴。"

第二十章　陷害

韩雪娜解除了这场绑架式的婚姻，觉得无比畅快，她以腾云驾雾似的脚步推进她喜欢的项目。首先她请知心的同事高欣亚、省里的著名经济学专家、大学教授等人开个小型的研讨会，研究她的有助于企业发展推进的策划事业。朋友们给出了很多好主意，包括招商引资、金融界的支持、媒体宣传和国内外联网等项目，准备为北都市发展做出优异的成绩。

北都市政府与市电视台承办一场企业改革的典型人物宣讲会。策划会上，陈重望被提名登台演讲，谈国企改革之策。常越丧心病狂地提出反对意见："陈重望学历不高何谈技术革新，还不是他老婆帮忙，靠他老子的威信和人缘吗！"已是北都市电视台大型活动策划部主任的韩雪娜立刻指责常越："你不能以个人之见来取代全局，陈重望是全市公认的成功企业家！"常越没有了继续争辩的底气，经过双方层层领导的意见，最后整个活动方案并没有改变！电视播出的宣讲会节目，陈重望的演讲好评如潮。嫉妒恨是一个坏人办坏事的极大"动力"，常越一计不成又心生一计。

在钢铁制品厂副厂长办公室里，周密正在神秘地打电话，见陈重望进来，他马上放下电话。

周密："老陈，有事吗？"

陈重望："我请求拨一部分款。"

周密："不行，我们还要调查你们合资厂的账目。"

陈重望："查账？这个合资厂股东大会有决定权，是全体工人用自己的血汗钱入股的！"

周密："这些工人没与钢铁制品厂脱离人事关系，我有权查账！"

陈重望："这要厂领导班子会议通过，不能你一个人决定！"

周密："好，那我们会上见！"周密嘴上硬，他却没有胆量开任何会。

在山水服装厂刘海晴办公室里，刘海晴笑着对女儿说："周密拨过来100万元，这是以进原料、出国谈贸易为名给服装厂拨款。本应分期拨款，他一下子都拨过来了。我们得给人家几万元回扣，回头把咱积压的衣服给工人顶工资，让她们去卖。"乔丰怡说："妈，你别做得太过了。"

钢铁制品厂副厂长办公室里，周密在打电话："事情办得怎么样了，我什么时候能去国外考察啊？"

电话里刘海晴说："还考察什么，出事了！陈重望派人查咱们账目。你赶紧抢先一步揭发陈重望贪污合资厂的罪行，这样一来把水搅浑，他招架不住就会收手。"在这几位上下勾连的贪腐链条的安排下，陈重望被停职审查了！

合资厂的工人们利用中午休息时间去找张厂长理论。耿强说："为什么停止了陈主席对合资厂的一切管理权力？"

张卫国拿出几封信对大家说："我这里收到了几封关于陈重望的揭发信，只是为了更好地调查情况，这也是为了陈重望好。"

胖嫂："厂长，你应该心里明白，陈主席不是这样的人。"

张卫国："事情复杂，会搞清楚的，你们不要为陈主席担心，先回去好好干活。"

市总工会小会议室里，郑杰主席正在和几位副主席研究匿名诬告陈重望的信的事件。

郑杰："我不相信陈重望会做这种事。"

一位副主席说："我们现在派厂务公开调查组去钢铁制品厂查清合资厂的账目，才能澄清事实。"

郑杰："对，我们分头行动，要快！"

中午休息时间，钢铁制品厂办公楼门前聚集了几十人，大家议论纷纷。市国有资产局纪检组的工作人员带着陈重望从楼里出来。

工人们挤到办公楼前拦住纪检组的人，冲突激烈。张卫国说："陈主席有什么问题可以跟我说。"

纪检组人员："下一步我们再追究你的责任，现在他必须跟我们走！"

张卫国："好，我承担一切责任，你们把他留下。"

工人们："我们都承担责任，留下我们的陈主席！"

陈重望："我相信事实会查清楚的，我去也无妨，只要你们去查清账目一定会真相大白。"

他对耿强低声说道："设法查账，必要时请郑主席帮助。"耿强暗中点头。

大家流着泪，目送陈重望跟纪检组的人一起走了。

周密来到张卫国办公室："无风不起浪啊，这影响太坏了！我看，咱们把陈重望的工会主席职务撤掉吧。"

张卫国："我和老陈共事多年，怎么能落井下石？再说，这么大的事要经过职工投票，报市总工会批示才能撤职，这可不是你我想办就能办的事。"

周密实在是无话可说了。

在市总工会办公大楼前，苏妮还是头一回不经过外办自行到地方政府部门办事，她顾不了许多了，救重望哥是当务之急。苏妮没有事先约郑杰主席，郑杰到区里调研去了，苏妮扑了个空，秘书让苏妮登记另约时间。苏妮扫兴地走出市总工会，发现了电视台的车停在门口，车里的韩雪娜正在与她打招呼。

"苏小姐，来办事吗？"韩雪娜对苏妮很有好感，虽然她们才见过两次面。

"不，我……"苏妮支吾着不知说什么好。可她转念一想，韩雪娜也是能帮陈重望洗清罪名的人选之一。所以，她毫不犹豫地约韩雪娜去对面的日式餐厅共进午餐。

韩雪娜是来市总工会采访劳动模范典型人物的，中午陪苏妮吃饭也是件快事，她欣然前往。

在环境优雅的日式餐馆里，两位性情相投的女人唠得很投机。只是苏妮的目的要引出话题替陈重望洗清冤情，而韩雪娜却是泛泛无目的地聊天。

苏妮终于抛出了陈重望被陷害停止工作的事件。韩雪娜很震惊："怎么会发生这样的事呢？"

苏妮说："我不明白怎么会有这种不符合法律的事件发生，他们怎么能颠倒黑白、无中生有呢？"

"你先别急，这种阴谋通常是内部人做手脚，他们一定是早有准备，我们还真不能硬来。待我摸摸情况，一定会水落石出的。"韩雪娜用安慰的口吻劝着苏妮。

苏妮的手机响了，是郑主席打来的，她听说苏妮有急事就马上来电询问。苏妮像找到了救星似的，说着说着落下了泪。郑杰叫她要冷静，要靠组织去找张卫国厂长解决问题。苏妮在经营管理方面经验丰富，可在政治上她还是一个学生，尤其在遇到这样的问题时，她根本就无从下手，听了郑主席的话，她像吃了定心丸，止住了泪水，在韩雪娜的鼓励下，苏妮准备找张卫国彻底谈谈。苏妮约张卫国见面谈话，张卫国几次推托说正在市里开会呢。弄得苏妮真没办法，她决定请律师，这个想法得到了韩雪娜的支持。韩雪娜也提供了市里有名的律师的信息，她们决定以合资厂的名义请市里最好的律师去负责整个案子。郑杰主席派市总工会的法律部人员配合律师进一步深入调查此案。

韩雪娜心头也像压了乌云般闷得很，她了解陈重望这个人，他是不会干这种勾当的。合资厂是他一手干起来的，还没见太大的起色怎么就让自己陷进去，何况，他是实心实意地要让工人们获得利益，尽职尽责地做好企业啊。

合资厂的工人们心情也很压抑，他们趁三班倒的业余时间，组织起来研究如何调查出写检举信的人。耿强根本就不相信工人堆里有人陷害陈主席，他们写了联名信，证明合资厂工人绝对没人写什么检举信，一定是外界人搞的名堂。可外界人怎么有事实证据来揭示合资厂内部的事呢？这是个谜啊。

"这是谁干的缺德事呢？"胖嫂气急了就想骂人，可她的话也提醒了大家。"对，干这种坏事的人一定是缺乏道德的人，咱们就从这下手，找出这坏人，能是谁呢？"耿强边想边启发大家，他们终于想到了一个人。

在市总工会法律服务部，耿强、胖嫂和苏妮与会计师和律师交谈，查明合资厂款项进出记录。

会计："合资厂原料转款、董事收入的单据我们都一一查过了，这账没有问题，一切都正常。原来是刘海晴勾结钢铁制品厂的周密在陈重望任合资厂董事收入中陷害陈重望侵吞国有资产。"

律师："这是我们的调查报告和核查证明，可以交给纪检和有关部门。苏妮的母亲打给合资公司3万元奖励资金，标明是给陈重望个人的答谢款项，被周密买通会计更改记账为陈重望的个人非法收入款项，当作举报材料。"

经大家群策群力，律师多方调查举证，真相大白，洗清冤案的陈重望并没有怨言，他相信党组织会公正解决问题的。

钢铁制品厂召开全厂职工代表大会，项书记宣布党委决定："罢免周密厂内一切职务，开除党籍和厂籍！这从轻处理的原因是他揭发了常越的问题。"

拔出萝卜带出泥，周密上台认罪："我知道常越和刘海晴母女在他们服装厂的勾当，我可以当证人，可是没有确凿的证据。"

项书记说："常越的问题不是我们厂能够处理的，但我们报到市委纪检组把周密这个证人也提交上去。市委纪检组也在积极配合各方进行调查，抓住证据。"

韩雪娜得知这些信息真是恨得直咬牙、跺脚！冷静之后，她认为面对常越这个腐败分子一定要有他贪腐的证据。她突然想起常越在招待所时与那个女人私会的情况，相信有些秘密也在那里。想到这，她向市委纪律检查委员会汇报了情况。纪委调查组在常越住的招待所的房间里翻出了许多票据。原来他利用手中的权力与服装厂的刘海晴勾结，用各种手段侵吞国有资产、收受贿赂近30万元，常越和刘海晴受到了法律的制裁。这两个官商勾结、危害国家和人民群众的蛀虫终于归案了！

陈重望恢复原职了，耿强、苏妮、胖嫂和工人们在钢铁制品厂职工俱乐部开庆祝会。

陈重望："这一批加工活能否按期完成，质量能否过关？"

耿强："师傅，你永远不会退出你的战场。"

陈重望："我要和大家战斗终生！"

第二十一章　委　屈

　　一向工作起来不要命的陈重望在受到无情打击后，身体极度虚弱，他去合资厂查看产品的质量，居然倒在了一个角落，昏迷不醒。正巧苏妮路过，马上叫急救车送往北都市人民医院。幸亏抢救及时，陈重望苏醒了。

　　他躺在病床上打着点滴，苏妮看着他，她的神情很难用准确的词语表达，说笑吧，她笑不出来，这几个月来发生的事情太多了。如果不是那天她叫救护车及时，陈重望也许就到另一个世界去了。今天，她看着他还躺在那里，真是不幸中的万幸，心中不免又有些高兴，所以，脸上还挂着几丝笑意。

　　陈重望不相信自己就这样被击垮，只要自己一天还活在这个世界上，就不会对自己一手建起来的合资厂放手不管，工友们要在这口大锅里吃饭哪！

　　苏妮把她的重望哥当作一生中的偶像、可依赖的男人。她不幻想与他有什么婚姻，她只要每天看到他，同他一起工作、说话、吃饭就心满意足了。在大马这些男男女女都可以轻而易举做到的事，对他们来讲却变得那么难以办到。不论周围的人怎么想，苏妮还是要看陈重望的。她从小就有个犟劲。她大胆地来医院探望陈重望，这更说明他们之间并没有什么不正当的关系。她的理论

139

用了几十年了，有时还真是对，所以，苏妮站在陈重望的床边，两个人对视片刻都没有马上说什么，内心的苦痛使陈重望无法面对苏妮。

"让你受苦了，真对不起。"陈重望不知为什么吐出了这句话。

"你怎么说这样的话？当年，你救我们母女，心中会怎么想，那也要付出很大的代价。"苏妮深情地看着陈重望。

"合资厂一切都正常吗？"

"大家的心情受到一些影响，但不会影响工作，你放心养病，一切有我呢，他们不会对我怎样的。我看等你病好了，跟我到大马去休养一段时间吧，你有权利享受大马华人总商会的待遇的，这样也会暂避一时。"

"这不是当逃兵吗？不行。"

"这是休养生息，不然，政治生命和身体都难保。"

"多谢你的关照啊！我现在真是无能为力了，厂里的事就全靠你啦！"

"重望哥，我们之间不要说客气话。"苏妮把陈重望床上的被角披了披，并给他剥了一个香蕉送到嘴边。

"我不能吃这个东西！"陈重望用手推了推。

"为什么？"苏妮没意识到。

"他不能吃糖分多的水果。"两个人谁也没注意，马玉节这时推门进来了。

"我忘了，大哥有糖尿病。"苏妮见马玉节进来，有些不好意思，忙站起身来让座。"大姐，您坐。"马玉节并没有马上坐下，脸色不太好看。

马玉节对苏妮与陈重望的关系发展程度并不像外人那样确信无疑，但她不愿意看到苏妮对自己的男人亲热。

但不管怎么样，面对这样一位比自己年轻、漂亮、文化素养高、资产丰厚、有地位的女子，马玉节不得不作出应有的防范。她现在手中的胜券只有这个家庭，女儿是陈重望的心头肉，他们父女俩的感情是不可分割的。这个家庭是坚不可摧的，她苏妮就是天仙、茜茜公主也甭想抢去自己的老公！

这马玉节想着想着就流露出对苏妮的反感。

"这里有我，您忙去吧！"

"好，大姐，那我走了。"苏妮走了，可到了门口又回来了，说了一句："吃饭前注射胰岛素，别忘了。"

"我不能忘，你多虑了！"马玉节有些不耐烦。陈重望急了，要下床送苏妮："你先忙，别来了，厂里的事重要！"这一动，差点儿碰倒了点滴瓶架，苏妮看此情此景，又本能地回转身来，马玉节扶着丈夫，"哎，你别动，真多余！"苏妮听着这话，心里酸酸的，眼含着泪水急促地向门外走去。

"什么叫多余，这是人之常情，难道都不应该吗？"陈重望急了，他真动气时脑门上那块深紫色的暗记颜色会加重，两眉间拧成了深深的两道沟。

马玉节对丈夫的脾气了如指掌，他不轻易发火，发火就动真格的。他真生气会伤身体的，她心疼丈夫，两个人相依为命，为这事扯起来没完没了也犯不上，但她不是会哄男人的女人，只是不再吱声而已。

陈重望气喘吁吁地刚要发火，也压了下来。两个人谁也没有说一句话。苏妮虽然走到了门外，但听到室内陈重望的话语，心像刀割一样，两颗豆大的泪珠从眼睛里滴下来，淌在衣襟上……

苏妮从医院跑出来，开着车行驶在海滨路上，她没有心思再考虑什么工作，马玉节的奚落使她受到了极大的委屈，她并没有做什么过分的事，她只是发自内心地为自己心爱的人做些力所能及的事，为什么会有这么多人来无端滋事，陷害忠良，连重望哥身边的亲人也对自己不客气。

在马来西亚，如果有一位年轻漂亮、素质高的女性青睐于自己的丈夫，那妻子会引以为荣，并以礼相待那位女性。越是这样，丈夫越认为妻子可爱而不会越轨。反之，如果妻子做出不礼貌的言谈举止，会遭到丈夫谴责的。对，陈重望不是斥责妻子了吗，他这样做体现了绅士风度，她认为她的重望哥兼有东北汉子和大马绅士的优点。想到这，苏妮产生了欣慰感。

苏妮冷静地想了想，在这关键的时刻，不能乱了方寸。她身上的担子很重，她要把合资厂办好，完成部件加工的任务。

晚上，苏妮久久不能入睡。她觉得自己不应该打扰陈重望的正常生活，突破感情底线。她忍不住给妈妈打电话："妈妈，我要回马来西亚，这边的工作走上正轨，不需要我在这守摊了。""这么多年你在中国也辛苦了，妈妈年龄大了，你回来打理我们自己的企业吧。现在国际金融危机，大马的企业很艰难啊！""好吧，妈妈，我尽快回去。"

第二十二章 升腾

时代推动着有梦想、不忘初心的人们带着新的愿望坚实地踏入 21 世纪，曙光永远投射在勇往直前的人的脚步上。理想坚定、意志坚强的陈重望是击不垮的，他要对得起入股的工人们，要把合资厂这面大旗扛到底，还要高高飘扬！

北方钢铁制品有限公司在北都市树起了国企改革的一面旗帜，工人们不但有了工资的保障，进一步改革实行效益工资还有了奖金。但是，国企改革进入新的阶段，市国资委希望北都市钢铁制品厂要在关键时刻做好新阶段国企改革的备战工作。有可能下岗的人会更多，实行工龄买断也需要大量资金。张卫国蒙了，自己面对不了这样的局面啊，想来想去，他想定了这样一个招法。

张卫国约陈重望吃饭，而且是在北都市有名的海鲜餐馆。陈重望说道："你这是中奖了吗？花这冤枉钱。""咱俩这感情，我自己的钱，你还要说什么，但是，今天不喝酒。"陈重望太了解张卫国了，面对他这反常的举动，只有无声地恭候。

张卫国终于开口了："面对当前形势，老哥我真的黔驴技穷了，希望你来拯救我们这个老国企吧。"陈重望："你不要这样说，师兄。"两个人都哽咽了。

张卫国提交了辞职书，这倒是一件不难的事，但是谁当厂长，必须全厂职工代表选举方可以生效。

全厂职工代表大会召开了，大家选举陈重望当北都市钢铁制品厂厂长。陈重望表态："我们这家大业大的大国企，为什么效益跟不上？为什么工人要下岗？根本问题是产品、设备落后，没有销路不能以销定产。我们要生存，就要与社会经济发展接轨，研制新产品，以销定产。如果大家万众一心，按照新时代的市场经济规律发展企业，就一定能够走出困境！我这个厂长是临危受命，并不一定能担得起这个重担，我就要靠大家了，大家有没有信心？"

他的话音刚落，下面的 2000 名职工代表纷纷站起来举着拳头喊着："有！有！有！"这势头正是俗话说的"新官上任三把火"。

陈重望的"第二把火"是召开副厂级干部、技术人员、中层管理人员会议。

陈重望："我们大家作为企业的经营者、管理者要懂市场经济，墨守成规走老路是行不通的！希望大家出出点子，共同让我们厂重现老国企的辉煌！"

这"第三把火"烧到了企业策划、营销业和媒体界。陈重望特约韩雪娜带她的媒体团队参加钢铁制品厂"经济发展策划会"。

韩雪娜看着陈重望微笑着说："你请我来不怕嫂子多心吗？"陈重望瞪了瞪他那炯炯有神的双眸，转愣为笑，认真地说："你还怕这个吗？我们是莫逆之交，我也不怕这一套啊。关键你嫂子也不是那样的人啊。"韩雪娜看着这位莫逆之交的大哥真是不知说啥是好，只能说："是啊，你说得对。"

这两位从小在一起摸爬滚打、一路打拼下来的男女，他们真正的革命友情蕴含着爱恋，在相互支持的事业路线上不偏不倚地迈出坚实的每一步。

策划会上，陈重望慷慨陈词："我认为无论什么样的企业，有了产品订单就有了效益，有了效益就会使工人们有收入，收入稳定了，人心稳，就会有更大的发展。但是，这话说起来容易，做起来却很难。最主要的是要有过得硬的销售队伍。到哪里去找订单？合资厂给大家带来了先进的设备和订单。但是长久依赖合资厂也解决不了全厂1万多人的生存现状。我们围绕这个问题展开讨论，大家畅所欲言。"听了这位有实战经验的企业家的讲话，大家觉得特别实在和直截了当，这要比空话连篇的讲话强多了。

韩雪娜第一个发言："陈厂长说得对，这是实实在在的企业发展策略。我们要帮助企业的关键问题就是要找订单，这就是销售的重要环节。"

来宾们纷纷发言表态："我们可以为厂里提供有效的订单服务，利用互联网的优势发布广告信息。"

"我可以帮贵厂开发新产品，有产销一条龙的我马上介绍过来。"

担起了北都市钢铁制品厂厂长的重任，陈重望方知担子的沉重，他这个厂长涵盖了合资厂的经营管理权力范围。合资厂的成功经验鼓舞了陈重望，他有信心把整个钢铁制品厂办好。

班子会上大家一致同意：成立精加工分厂和科研中心；加强三产公司、销售公司的运作；招聘大学毕业生，并进一步搞好招投资工作。技术人员马上研究生产优质钢、特种钢产品，销售公司提前准备打开市场的促销工作。

陈重望是当之无愧的厂长，他是一个带有老国企管理者深厚底蕴、充满着创新意识的现代企业家。他在工人、劳模、工会主席的岗位上，坚实的步伐造就了他对自己企业的深爱和改革的信念。他精通钢铁制品行业的业务，近几年他苦读经济管理学，获得高级经济师证书。北都市钢铁制品厂成为全市的优秀企业，在全省同行业中遥遥领先。陈重望更加游刃有余地把全厂的经济效益搞上去。

五年后，在实施振兴东北老工业基地的战略中，北都市钢铁制品厂突破老国企亏损重围，首战告捷，豪迈地举起盈利的大旗！2005年实现利税总额2.6亿元。厂里张灯结彩，职工们欢天喜地地过了一个祥和的春节。大家同声称赞陈重望制企战略高远，实施战术有方，为北都市钢铁制品厂带来勃勃生机。他锐意改革的先进事迹和特殊贡献，使他获得辽安省特等劳动模范称号。

2005年3月17日，全国"两会"刚刚闭幕，陈重望即飞回北都市。他心情激奋，充满信心，给家乡带回了"两会"精神。他在北都市政协委员汇报会上畅谈参加"两会"的收获："今年的'两会'（关于组织编制东北老工业基地振兴的区域规划）的提案中说，国家有关部门正在组织编制京津冀、长三角地区的'十一五'区域规划体系，并已将其纳入全国'十一五'体系规划。东北作为国家区域战略重要组成部分，需要统筹考虑支持三省发展的重大政策和项目。因此，建议国务院责成有关部门在东北三省各自振兴规划基础上尽快组织编制东北老工业基地振兴区域规划，并纳入全国'十一五'规划体系。这可是大好的消息啊！"这一鼓舞人心的政策令北都市人欢呼雀跃。

历史车轮飞速向前，时代变迁日新月异。

这一天，北都市晴空万里，洋溢着令人畅想的无限空间。在钢铁制品厂厂长办公室里陈重望接到电话："是苏妮啊，你好，今年春节来中国吗？"

苏妮当年在陈重望洗刷冤屈后就回到了马来西亚，她还是适合马来西亚华人的商圈。一方面全面接手了家族的企业，另一方面也是为了照顾年迈的母亲，她还找到了心上人，成立了新的家庭。

苏妮："今年不过去了，告诉你一个好消息，我们的重大决定：我们在中国的合资厂都交给你经营，南洋汽车配件厂的一切资产都归到一起，这样你们可以成立集团公司了。我们再投资一部分新的数控机床和其他设备，双方负责生产订单，这样你们就会飞速地发展了。"

陈重望："这是真的吗？我们完全可以完成任务！"

苏妮："我的重望哥，你就是北方钢铁制品集团的董事长了。"

陈重望："你真是抬举我啊，谢谢你对我的信任。春节后一定来参加我们集团的成立庆典啊！"

"你先别着急，我们给集团投资数控机床是新型的，你们要派技术骨干来学习。春节后就来吧，让你看看南洋的风光。"

听到苏妮这令人兴奋的信息，陈重望马上转入另一个思维，就是说成立集团的担子更重了。如果不细细地考虑，从长远出发，也是搞不好这个集团的，他马上召开班子会。

在班子会上，陈重望看到了近年入厂的新生力量——名牌大学毕业的品牌研发中心主任赵鼎研，经济管理、营销经理连全。再看看经验丰富的管理生产的副厂长耿强，陈重望很是欣慰。

陈重望这个实业家开会直截了当："今天开会的内容：一是告诉大家一个好消息，苏董事长把在北都市的合资厂都交给我们厂来管理、经营，她在马来西亚的家族企业还给我们注资，就是说我们厂可以成立集团了。"他说到这儿，大家也很激动，拍手鼓掌。陈重望摆了摆手："大家先冷静一下，这的确是一个好消息，但是面临这种向好的大形势，摆在我们面前的是一项更加艰巨的任务。何去何从就看我们的信心和能力了。第二项内容，是我们成立集团后产品研发、生产、企业管理、营销等一系列发展方向，大家都考虑好说一下方案的设想。"班子成员都停顿了一下，飞速转动大脑，极力想出新颖又有力度的方案。

没想到第一个发言的是品牌研发中心主任赵鼎研："其实我这个产品的研发还没有成熟，今天也是向大家预报一下。我认为我们老牌国企也要转型开发部分民用高科技产品。我和两位在科研单位工作的同学研究设计了民用机器人。这个项目搞起来效益会很好的，也是要用一批试用产品来打开市场销路，这就需要我们各个部门给予支持了。"接下来发言的是耿强，他说："如果有这样的好产品，我们当然积极支持，只要你设计出来样机后试运行成功，我们就会很快投入生产。"

大家一致认为：只要有自主研发的品牌产品和大量的订单，就会有发展的希望，成立"北方钢铁制品集团公司"是有这个能力的。

会后，陈重望留下赵鼎研单聊有关民用机器人的事："你能先跟我说说你对新产品项目有多大的把握吗。""百分之八九十的把握不成问题。""需要多少科研经费？""这个倒不多，主要是投产和营销推广。""你写一个详细方案我先看看。""好的，我尽快报给你。"

陈重望看了赵鼎研的方案觉得可行，还特意开了一个小会研究这个方案的可行度，心里有了底数。

陈重望带耿强、赵鼎研去马来西亚学习数控机床，韩雪娜带两位北都市的企业家同往考察。苏妮接待了他们，好朋友多年不见，大家兴奋不已！

陈重望还是第一次出国，他双手拱起："苏董啊，我还真是借了你的光，这个年龄了能到马来西亚欣赏这南洋风光！"苏妮笑着挎着韩雪娜的胳膊说："要不是这位大记者拉你出来，恐怕你这辈子也无法享受这人间美景。"三个人说着、笑着，畅快无比。

最令陈重望惊叹的是马来西亚的云顶游乐场，那就是一座不夜城，24 小时狂欢不断。在高耸入云的山上建的酒店，住在二十几层往下看，像仙境一般云雾缭绕。茂密的原始森林蕴藏着太多的神秘色彩。

在回吉隆坡的车上，陈重望发现了路两旁的棕榈树和南洋水果："雪娜，你看这些东西如果到我们东北能有销量吗？"

韩雪娜："我看也不是没有可能，但是目前东北人还不太了解这些水果。"

苏妮："吃惯了就适应了，尤其是女人会爱上榴莲和山竹。"

陈重望："我们来一趟不容易，应该把所有的信息都带回去研究。"

苏妮竖起大拇指："我真佩服陈董的经营理念，晚上我安排了一个聚会，对方是马来西亚著名的企业家，他们是专门做汽车轮胎的家族企业，产品销往世界各地。这老夫妻俩为人也好，在整个大马都是很有威望的。今天只是见面聊一聊，明天去他的工厂参观。"

陈重望一听高兴了，笑着说："多给我引见这边华人的成功企业家，我好好学习学习。"晚上的宴会气氛热烈融洽，因为这位汽车轮胎制造厂的老板也姓陈，他叫陈耀祖。他和陈重望很投缘，聊一会儿便以兄弟相称了。陈耀祖高兴地说："这顿饭我请了，尽地主之谊。"

第二天，陈先生用他的大奔、陈太太用她的宝马来接大家了。来到陈先生的工厂，北都市的参观者都惊讶得目瞪口呆，这规模跟我们的大国企不差上下啊，没想到华人在马来西亚发展得如此兴盛。

这时，苏妮开始向大家介绍马来西亚华人的奋斗史："他们几代人繁衍生息，发展到现在已经彻底融入马来西亚，而且是当地的主要经济力量，是占有很高的政治地位和经济地位的。比如说陈耀祖先生，他就是拿督。我的外公也是拿督，这是贵族的象征。

"华人在马来西亚的经济发展和地位与总理马哈蒂尔的明智决策有关。早在1988年，中马两国签署了贸易协定和投资保障协定，决定成立'中马经济和贸易联合委员会'，1997年，在亚洲金融危机爆发的背景下，马来西亚总理马哈蒂尔倡议开展'东盟加中日韩（10+3）'东亚区域合作，得到了中国政府的大力支持，这个归功于两国外交上的密切往来。"

陈重望一行走进苏妮的家族企业"马来西亚帝都汽车配件厂"，这里生产的配件是汽车的心脏——发动机。生产发动机零件对工艺性能要求极高，数控机床也是高端的，对学习操作高端数控床的人要求则更高。

大而静的车间里，上百台设备分为两排，基本上都是数控机床。一个人操作两台，耿强看得入迷了："这太壮观了，太先进了！"苏妮："我们的机床是从德国进口的，德国厂家的工程师给我们培训、代管了半年。我们的工程技术人员达到了精良的标准。"

工程师给大家讲解："其实中国的数控机床在20年前就有了，但是没有进展和进步，也没有人去研究它的控制机构，去国外学习的人就一去不回了，所以中国的数控机床没有发展。21世纪以来，智能化数控技术逐渐萌芽，并随着制造业的需求与发展发挥了巨大作用。数控专业具有广阔的就业空间和未来的发展前景。你们现在掌握了数控机床技术，回国后不但成立集团有用，还可以培养操作人才。"

工程师笑着对耿强和赵鼎研说："你们二位在理论和实际操作相结合上有一定的基础，只要一周的时间完全可以掌握这些比较先进的数控机床。"他详细教耿强和赵鼎研铣床的各种技术。这两个人学得入了迷，很快学会了操作技术。但要掌握全面技术还不能操之过急，苏妮表示可以派一名工程师到中国去帮助运行一段时间。

陈重望和韩雪娜一行先回国，临行前，苏妮请他们吃饭，谈的都是生意经："中国制造与中国智造的需求日益扩大，将来中国可成为世界制造中心。拥有专业数控知识与技能的人才同样被制造业中的各种大中型企业需要，具有较大的职业选择空间和发展机遇。市场缺口大，在社会发展的背景下，数控技术作为技术水平、生产能力、业务创新的重要指标之一，具有较大的市场需求。你们可以提前培养数控人才，这是一笔大生意。""你的生意经我牢记，回去一定照办。"陈重望对苏妮的经营之道钦佩不已。

陈重望回国后信心满满，召开厂班子成员会："我们要成立集团就要走出单纯生产老工业产品的圈子。我们去马来西亚学习了生产汽车发动机高端数控机床的操作，生产发动机零件对工艺性能要求极高，我们一定要认真对待。另外，我们要研究上马国内的产品，大家提一下可行的建议。"

耿强提出：增加国内的硬项目钢结构这个产品，当前国内交通桥梁大力发展、厂房建设遍地兴起，效益高涨，实现年产几十万吨的钢结构不是梦。连全建议：要招聘高科技人才，搞自主研发的新产品。大家提出这些新项目，陈重望建议讨论后分头落实。

最快的项目钢结构上马了，精加工分厂车间里配备的国内最先进的数控切割机，工人们头戴防护罩，手持电焊枪，细心地在材料焊接处起弧焊接，弧光四溢，焊花飞舞。笨重粗糙的钢材要从大块头变成精心雕琢、造型百变的装配式建筑产品，让它可以同时实现任何异形零件切割，就像制衣需要将布匹裁剪成需要的形状，钢材需要被切割成大小不一、形状各异的用精细的工艺才能制造出优异的产品。这也是数控机床的优势，这样才会给企业带来高附加值产品的效益。

陈重望给苏妮打电话："苏董啊，你一定要来中国参加我们的集团成立大会，你把这么大的企业都交给我了，你还是这个集团里的董事，你是应该来的。你可以组团来东北，我带你们去长白山看天池。这可是你没去过的地方，这也是南洋人特别向往的地方。""哎，重望哥，你说的这个事儿还是真的吸引了我，组一个团过去还是有必要的。""你和你老公的费用我报销。""就这么定了，耶！"苏妮像小姑娘一样高兴极了！

苏妮和陈重望的约定真的成行了，苏妮组织了16个人的旅游团，成员都是马来西亚华人企业家，从赤道附近要来东北的长白山，这是他们多年的愿望。可苦于没有当地人来接洽，有这么好的机会，每个人都怀揣着希望来看那神奇的天池。

这次陈耀祖先生也参加了这个团，在马来西亚，像陈先生这样的成功华人企业家有很多，在异国的土地上，他们耕耘了几代，虽然已经资产丰厚，也有显赫的政治地位，但他们每年都要到中国来寻根观光，更想探访能满足乡恋之情的自然景观，他们早已选定了长白山天池。他们认为，马来西亚位于赤道附近，它的云顶高原气候宜人，那么，站在居地球较北的长白山又会是什么感受呢？

当他们千辛万苦地登上天池后，好奇心终于满足了。单说在天池山脚下穿衬衣，到了山上就得穿上棉衣，这种奇怪事就令他们费解。有几个年轻人不服气，不穿棉衣，可没几分钟就冷得上牙打下牙了。还有一奇，大家刚刚还在叹息："这天池怎么是天地之间一片雾茫茫，什么都看不见，如此岂不白来一趟。"无奈间，几个人大喊起来："天池，露出你的脸！""怪兽，你睁开眼！"大家热切地企盼着。突然间，被云雾笼罩的蓝色的天池露出了她神秘的面庞！大家兴奋地喊着、蹦着，险些忘记拍照、录像。"快看，天池动了。""怪兽出来了！"这时大家静静地看着天池，水面上微微泛起了涟漪。可惜怪兽并没上来，好像是因为害羞又回到了水下。

带团的旅行社女孩告诉大家，她登了12次天池，这次水翻浪花的现象还是第一次看到,这已经很不容易了。天池的静令人神往，天池的怪兽使人终生惦念着。

为了关照马来西亚旅游团，旅行社安排了地下原始森林的行程，这是一般团队享受不到的特殊待遇，大家更兴奋了："真是三生有幸啊！"

登山是往上爬，地下森林是往下走，一层层奇沟怪坡。你牵着我，我拉着你，真难为几位老人家了。"一定要小心，一个跟一个，不要迷路，失散了会走不出去的。"旅行社领队一再叮嘱着。

这真叫壮观迷人，树的颜色完全不像是山上的绿色，因为它们没有紫外线的照射，是深褐色的样子，有些像恐怖城。没有路，没有条理规则，但是有河水。再难走，你也得走下去，停下来就会迷失方向，根本没有回头路。大家紧张得一个跟着一个，真是有探险的味道，也真的累。出了地下森林，大家一致认为："不虚此行，太值了！"中国的山川奥秘太深了，不亚于马来西亚的热带雨林风光。

北方钢铁制品集团公司隆重地举行了成立庆典，陈重望讲话："首先，我代表我们厂近2万名员工，感谢苏董对我们多年以来的大力支持。但而今迈步从头越，我们不能站在已有的成绩上沾沾自喜。集团公司的概念不是我们国企一长制，这是一个团结的集体。董事长也不能一个人说了算，应该用集体的智慧来管理企业、发展企业⋯⋯"

北方钢铁制品集团公司成立后，国内有私营企业要入股，面对这个新问题，陈重望不敢自作主张，他要研究政策，去政府相关部门咨询具体办法。最主要的是请来经济专家给大家讲课，大家认真地听后明白了其中的道理：随着国内经济增速的放缓，国内多数制造业产能过剩、供大于求，市场形势日趋严峻，在此背景下，混合所有制改革应运而生。在巩固和发展公有制经济的同时，支持和引导非公有制经济发展，进一步鼓励和引导民间投资，以现代产权制度为基础发展混合所有制经济，有利于社会的长期平稳较快发展，促进社会和谐稳定。发展混合所有制是提升国有企业竞争力的途径，在市场对配置资源起决定作用的大趋势、大环境下，处于充分竞争行业的国有企业，发展混合所有制经济，是在改革中提升竞争力与活力的方向与途径。

北方钢铁制品集团公司大胆引进私有制的著名企业资本进入公司，北都市中小型企业联盟要求集体注资加入集团，这样能互相借力，更全面搞活了经济，增加企业效益。

在集团公司管理方面，经董事会研究决定采取集团公司和入股的企业"一块牌子、两套人马"的运营方式操作，可以人员自招、工资自发，成果转化成功后，收益的10%可以作为机构经费。在灵活的用人机制下，包括技术、知识产权、投融资、合规风控、项目推广等20多名技术经理人被招聘到这里，他们的收入也与业绩直接挂钩，采取市场化运营。

第二十三章 **伟业**

时光在宇宙中不停歇地穿梭，逐日的勇士们超时空飞跃，我们的主人公已经进入高科技迅猛发展的新时代。

陈重望是用心去报答党的培育，用血汗和生命去打造一个大型现代化集团公司。他的主张是以销售为龙头，集中技术力量打造精品，树立个性化服务，巩固国内市场阵地，抢占国际市场份额。他不惜重金请著名的经济管理专家找出企业病症后进行对症治理，然后在集团公司推行：打破重叠的机构，迅速解决企业内产生的问题，成功地搭建企业跨省互联互通、资源共享。构建起市场营销、采购供应、人才资源配置等一系列规划管理标准。管理制度、财务、资金统一化。集团成员年富力强，学历高，高管人员50%是硕士学位。不单纯追求利润，更要注重质量。每年要实现一个亿的利润指标。

耿强永远是他师傅陈重望的一名干将，他的革新项目创收年产效益2000多万元，在精加工分厂，耿强带领他的团队进行新产品的设计、打磨成型并制造出成品。他延续师傅陈重望的做法，继续打造未来有文化、技术高的劳动模范的团队，在集团开展技术大比武活动，选拔上来的人才参加省、市总工会举办的技术工人比武大赛。

可是，耿强 40 来岁的大男人还没娶上媳妇呢。有福的人不用忙，来集团实习的肖玲玲是北京大学毕业的研究生，她完全可以去北京工作。但她喜欢耿强那股憨厚劲儿和他特有的坚毅执着的男人味儿，毅然决然地留在了北方钢铁制品集团公司工作。他们的爱情感动着大家，结婚后夫唱妇随，共创企业新伟业。

杰出的长辈培养出优秀的后代，陈爽受爸爸妈妈影响，报考的是北都市理工大学，毕业后她申请到北方钢铁制品集团公司科研中心工作，决心帮助爸爸把老国企打造成现代化科技型企业。她与高中同学李智相处多年，到大学时两个人确立了恋爱关系。李智考上的是北京理工大学，硕士毕业后，李智应聘到著名的星宇机器人集团公司科研中心工作，这一对恋人还订下了婚约。

韩楚天考的是传媒大学，毕业后应聘上北都新闻报社记者。韩雪娜用自己的实践经验训练儿子记者采访的实操能力。楚天思维敏捷，写出了很多翔实、有说服力的新闻报道和正能量的人物专访。

陈重望把赵鼎研投产机器人的方案拿到董事会上讨论，并请来辽安省机器人研制专家于智峰现场讲解有关国内机器人的发展状况。

于智峰讲课用课件 PPT，很形象，大家一目了然。

我们从了解民用、医用、服务机器人的应用领域开始吧。

医用诊断机器人，即配备有医疗诊断专家系统的机器人。医疗手术机器人近年来有所突破，可以进行远程手术。

护理机器人也可以作为民用，伤残瘫痪康复机器人包括假肢、矫形以及遥控等技术，护理病人和协助病残人员康复以及改善瘫痪者和被截肢者的生活条件。

家用机器人现在被我们日常使用，可以代替人从事清扫、洗刷、照料小孩等工作，机器人保姆已不是梦。

如今我国正从一个"制造大国"迈向"智造强国"，中国制造业面临着与国际接轨、参与国际分工的巨大挑战，我国工业自动化的提高迫在眉睫，政府会加大对机器人的资金投入和政策支持，将会给机器人产业发展注入新的动力。

大家听了之后都有了关于机器人的概念，讨论时大多数董事同意研发投产民用机器人。赵鼎研又详细讲了他们的民用机器人和下一步的医用机器人的研发方案。

赵鼎研的机器人制造出来试运行了，但是代步时有卡顿的现象，再进行检修效果不佳，这可难坏了大家。

陈重望回到家连饭都吃不下，乖女儿陈爽劝他："爸，你别愁了，明天我去盛阳市找李智帮忙。"陈重望一下子眼睛亮了："我的准姑爷是著名机器人公司的工程师啊，你去准行。"

第二天，陈爽就来到盛阳市星宇机器人集团公司找到了未婚夫李智，没说几句话就把他从办公室拉出来。李智奇怪地说："你什么事情啊，我这么忙，不能电话里说吗？""这个事情不能在电话里说。""那好，你说吧。"陈爽严肃地说："我们厂的工程师研究了一款代步机器人，试运行的时候，迈步有些卡顿。""你是因为这个事情，那你请回吧！"

"你，你竟然这样说话，难道我的事儿你就不管了吗？""这不是咱俩之间的事儿，这是两个企业之间的事儿，这种做法是违规的。不能通过我去给你解决企业上的问题。我们的技术是……""你有什么了不起，你不帮我们企业解决这个问题，那我就不客气了，我们分手！"说完转身就走。"哎，你别走啊，这完全是两码事，你这个人怎么这么不理智呢？”“你不理智，我不爽，拜拜。”

事业重要，感情也重要，陈爽的话给了李智当头一棒。他经过深思熟虑，决定请示领导是否可以用合作的方式解决这个问题，没想到领导居然同意了。

李智高兴地来到北都市拜访了即将成为岳父的陈重望，陈重望喜出望外，召开会议：“及时雨来了，这是闻名的星宇机器人集团公司的工程师李智，为我们解决难题来了。”李智简短地介绍领导的大概意图，可以采用多种合作方式，但是要集团董事长和技术人员亲自去详谈。陈重望高兴地安排自己和赵鼎研跟着李智前往盛阳市。

到了星宇机器人集团公司，陈重望走进机器人生产车间。在这里，各种型号的移动机器人正有序前行，进行着出厂前的最后检测；工业机械臂在热火朝天地焊接；无论车间布局如何多变，不管环境如何嘈杂，保洁机器人按已规划好的清扫路线，完成着清洁任务，保证车间一尘不染。

主要是那几款民用机器人也详细看了，赵鼎研向技术人员请教后，明白了自己的机器人毛病所在。

进入洽谈会议室，是民用机器人主管领导季海主谈。其实很简单，不论是技术合作、制造代工，还是营销代理，他们之前都有固定的合作方案。甲方大度客气地问起了陈重望：“我们是尊重乙方的想法和条件的，只要你们提出我们这几种合作方式，想合作哪款方案就可以了。”

陈重望真的没有想到这么大规模的公司，谈起来却这样快捷，按章循规，签约也都有模板。“我们目前可以签技术合作、制造代工和营销代理合同，也请贵公司领导去我们公司实地考察。”“是的，我们是要去实地考察的。”“那我们恭候光临指导。”

　　陈重望兴致勃勃地回到自己的集团公司召开会议："我们集团又有新的发展方向了，星宇机器人集团公司同意与我们合作，我们要认真对待，做这项代加工我们不成问题，而且也不用考虑一些技术问题，这样又有效益，又磨炼了我们制作机器人的熟练程度。这个大项目由主管生产的副董事长耿强主管，技术合作这项工作由赵鼎研负责，销售当然是由连全主任来主抓。大家有多大的把握啊？"陈重望话音刚落，大家齐声喊："百分之百的信心，没有问题！"

　　在春暖花开的季节，人们的内心也充满着浪漫与无限的憧憬。

　　星宇机器人集团公司的总裁齐跃带一班人马来北都市，到北方钢铁制品集团公司进行考察。经过一番考察并听取汇报后，他很认同这个老国企发展起来的新型企业，无论是厂区的布局还是精良的设备、班子成员知识结构和工人们的技能水平都是无与伦比的。他在合作商讨会上作出一个令人意想不到的决定："看到贵集团公司的实力，我决定与你们合作，在北都市建立我们机器人集团公司的分部生产基地。"陈重望惊叹的表情停留瞬间，站起来双手拱起："谢谢齐总裁，这是我们盼望已久的。"这时齐总裁谦虚地走过来，握住陈重望的手："希望我们合作成功。"大家都站起来，齐声祝贺双方合作成功！

　　党中央振兴东北老工业基地的政策使辽安省焕发了勃勃生机，这片热土吸引了国内外有识之士的目光，国内外人才、项目、资金纷至沓来，随着国家级新区、自主创新示范区、自贸试验区建设的不断引进，辽安省改革开放的典型不断涌现。

　　光阴荏苒，在前行道路上的人们度过了每一日、每一年。陈重望成为集团公司的董事长，韩雪娜也成为北都市电视台的副台长。

时代的发展、事业的推动,后浪推着前浪,前浪更是浪高一层!韩楚天已经成为一名优秀的共产党员,他为了把家里的红色传统继承下去,把他的事业发扬光大,也得到妈妈的支持,毅然决然地结束记者的生涯,创办了"北都市智海企业策划有限公司"。他觉得这么干能为北都市的企业对接全国及国际上的联合企业和高精尖技术做出更大的贡献。

公司的主营业务是企业营销策划:与新闻、文化界人士结成广泛紧密的联合体,与工商、税务、金融、法律、外事部门素质较高的专业人员形成咨询服务网络,为企业提供全方位的服务。

韩楚天认为,智海企业策划公司第一项业务要从自己熟悉的专业开始。他策划了一个出书项目,广告发出:在新世纪展开的历史画卷中,各行各业都展现出自己独特的风采,不同体制的企业都以各自不同的成功模式创造着世纪辉煌。现征集劳动模范、海内外优秀华人企业家、专家、名人等先进人物事迹。

这个项目得到大家认可,参与者众多,图书很快出版发行,楚天创办的公司掘得了第一桶金。还有一位企业家看好韩楚天的公司发展前景,给他投资了200万元,用于拍摄电视台的节目。楚天欢天喜地地请公司小伙伴和家里人去海鲜大酒楼共享成功的喜悦!

韩雪娜帮楚天推出政企帮扶活动,楚天配合妈妈的公益行动,举行企业项目与金融界对接洽谈会。

这一天,韩楚天正在给员工们开会,有一位企业家急匆匆地敲门进来,说他的企业急需贷款来拯救资金不足的问题。楚天请他谈一下具体是什么情况。那位企业家说他的货款不足,如果有贷款支持帮助,企业能大大地盈利,这也是一个好机会呀。可是他没有抵押资金,银行要抵押资金,他来寻求帮助,解燃眉之急。

楚天劝他不要心急，他知道一切贷款都是需要有抵押的，他尽量想想办法。送走了那位企业家，楚天想起在国有银行分行担任行长的表哥陆向天，就马上给他打电话。

楚天："表哥，你今天中午有时间出来吗？我请你吃饭。""你今天怎么有时间来约我呢？我看你自从成立了公司，干得挺成功啊，有时间约我吃饭，是有什么事情找我吧？"楚天有些不好意思啦，笑着说："表哥，你真是金融界的翘楚啊，连我的心事你都能看出来。""我是你的大哥，从小看着你长大，怎么能不懂你呀，就这么定了，中午我请你吧。"楚天不好意思地笑着说："这事儿闹的，那就让你这个大行长请我啦。"

午餐的时间大表哥详细地给楚天讲了贷款的事宜：如果没有精准的抵押资金，可以用房产、产品来做抵押，但是我们要作评估的。就是评估它的价值是多少。楚天明白了，他马上找那位企业家详细述说了贷款的条件和办理事宜。那位企业家也受到了启发，他说有一处房产，还有一部分产品可以拿来抵押，这样就够了。这件小小的事，表哥安排下边部门经理按章办理就是了。

那位企业家赚到了一笔钱，高兴地赞助了楚天公司广告费。就这样，楚天的策划公司名声大震，在政策允许的范围内，各方面事情都可以代办了，他也十得越来越起劲儿。

楚天的事业成功，得到了妈妈的支持。妈妈怎能不支持儿子的事业呢？她给在国外的表弟打电话："我的大科学家弟弟，中国当前经济形势的发展需要把你的特殊学问奉献给我们的祖国！""嗨，我说亲爱的大姐呀，我也不知道怎么能够帮上你的忙。有什么需要，我一定会努力达到你的要求的。""让你的大外甥韩楚天给你详细说吧。"

"大舅，您好！虽然我们在地球的东西两边，但是我们都是

中华的子孙；我们都曾经生长在中国的这块土地上。我希望您这
么优秀的人才来帮助我，帮助我们的家乡好吗？"

"那你说你需要我做什么。"

"我知道您做的项目是高科技的产品，您开发的高科技项目，
那创造的效益不可估量。"

"小外甥，你有所不知，在西方，科学技术垄断是很强的。
如果你需要，我可以帮你研制其他产品。"

"那好啊，那也可以呀。我邀请你来中国考察吧，我们也可
以合资。你那边有资金的实力，靠你的技术，很多资本会围着你
转的，你给我介绍投资商好吗？亲爱的舅舅。"

"看你的样子就是聪明的孩子，像你妈妈，你妈妈是我们的
大姐，从小对我们的影响也是很大的。恰巧我们团队一个月后会
去北京考察，到时候你也过来，我们可以一起商讨谈判的。"

"那太好了，谢谢舅舅，到时候见啊，不见不散！"

一个月后，韩楚天的表舅盖世奇到北京了，他带来的团队都
是一流才俊，谈判的都是财团的大佬，韩楚天真是开了眼界。可
是他不敢造次，乖乖地听着吧。韩楚天瞪大眼睛寻找着这里的商
机，怎么能够插进这种高科技项目呢？

他还能听懂一些英语，当然与表舅比起来，他那"娴熟"的
英语可是差多了。但是他听懂了一个事儿，就是这个西部科创投
资团要在中国的土地上寻找一块土地来投资建厂成立分公司。韩
楚天兴奋极了，他终于找到为家乡贡献的机遇了，他用那发音不
太标准、还有些生疏的英语说了一句："我们东北辽安省的北都
市就是最适合你们这个项目的了。"有一位外国专家说："可是
那里我们还不了解。"盖世奇马上接着说："我们要去实地考察
的。"韩楚天机智地说："可以，我们欢迎。"

　　一周后，盖世奇带着他的团队来北都市考察了，热情的韩楚天带着他们先在市内旅游一圈儿，体验一下风土民情。考察团看好了这个城市，主要是要买下一块地在这个城市建厂。这个厂的周围一定要空气清新，环境宜人。他们看好了北都市郊区海湾的一块地，可是这块地已经被一个养殖大户范老板买下了，现在价格不菲。

　　楚天求他的妈妈找重望伯伯去说服那个范老板，因为陈重望和那个养殖户老板同是省劳模的时候处得挺好，两人有共同的语言。陈重望毫不犹豫乐于前往谈判，之后达成一个谁也没有想到的结果。

　　全北都市的人都知道这个范老板特别懂生意，他做了几十年的海鲜、蛋业，越做越火。他不想看到这样一本万利的买卖去卖自己那块地，他答应陈重望："只要你参股我就拿地作股。"陈重望也高兴地说："咱俩一起干。"

　　陈重望回去给集团的董事们开会，大家也很认同这个项目，事情发展得很顺利。

　　西部科创投资团队也认可这种合作方式，这样省去了买地的资金，北方钢铁制品集团公司负责办当地的手续和厂房建设，投资方负责资金投入、技术、设备和销售的主要环节。这样的合作方式和关系，项目开展起来很快投入使用。

　　一年后，盖世奇引资的"西部科创集团公司中国分公司"正式投产运营了，这真是一个高科技的大项目，也是中外合资的成功案例。大家都特别感兴趣，等着搞庆典去观看呢。但是公司生产园区是不许随便进入的，只有董事们可以在办公区参加会议。陈重望和范老板是董事，韩楚天是智海公司这个项目的介绍方，他是独立董事，他是可以进公司开会的。当他们进入公司时感到无比的自豪和兴奋！这个科研项目开发的知识产权是属于盖世奇和三位专家的专利权。所以他们占多少股权是保密的，产品研发也是保密的，属于他们三个人所有。

这家国外的科创公司是有二十年历史的高科技企业，上市已经十余年，相当有实力。他们的产品在国际上也是享有盛誉的，他们有工程技术人员，也有企业管理人员和高精尖的生产车间人员。盖世奇在这里担任首席技术官。

盖世奇说："我们还将在祖国的大地上普撒盈利的种子，需要很多中国的企业配合我们做成品的配件生产，希望中国的公司和朋友们继续努力，为我们介绍相关的企业和工厂，这是我们共同的利益。"韩楚天高兴地鼓起掌来，但是看大家都静静的，不好意思地笑了笑。

晚上，盖世奇就到韩雪娜家里与大表姐和楚天说了心里话："大姐，我的这个科研产品是一本万利的。叶落归根，我也要为自己晚年着想，为我们的国家和我们共同的未来事业重新研制打造新产品。"听到这儿楚天兴奋得难以入眠。他盯住了表舅，一定要把这个天大的好事落实下来。

韩雪娜为了给北都市的企业寻找商机和投资的机会，她通过中国的商会联系到了新加坡华人商会引进投资，和马来西亚南洋商报的总编辑策划在吉隆坡召开中马两国投资交易洽谈会，并带着30人的马来西亚商会组织的投资考察团到北都市及辽安省进行考察与交流。

马来西亚的一位商人看好了北都市钢铁制品集团公司的厂区规模、设备、技术团队和有技能的工人们。他与陈重望商谈是否能加工锡制品，他可以运过来原料和技术工人投资生产各种锡制的工艺品，陈重望当然高兴地接受了这一项目。但是他也要和董事们开会讨论通过一下。大家一致认为这是一种稀有的产品，在中国销售不是太畅通，如果他们可以回购的话完全可以。但是投资方提出共同承担销售问题，班子成员经讨论后通过：可以试一试，这种稀奇物品、工艺品应该有销路的。

马来西亚罗怡控股集团是一家多元化经营集团公司，主要经营房地产、教育、投资管理、建筑等行业。集团现拥有 20 家成员公司，总部位于吉隆坡。教育产业已投资三所学府，其中工艺大学城很成功。

他们集团三位董事看好了北都市的自然风光和人文资源，想要在这边投资住宅或商务楼。韩雪娜建议他们做大学城，这样有许多大学会进驻大学城，照样可以有商机和卖点，地产商也能赚得盆满钵满。学校除了办学的教室、俱乐部，还有学生宿舍、食堂与商场等设施，只要能招来学生会常年赢利。

陈重望召开董事会大会："在最近五到十年，我们国家更多需要的是科技应用型、职业应用型的人才，我们要为国家储备大量的人才后备军。新时代数字经济如火如荼，能否为就业市场打开一片新天地，是我们企业的责任，也为我们今天的创新创业提供了新机遇、新渠道、新舞台。"

董事们纷纷发言："企业竞争归根结底是人才的竞争，我想到了一种新模式，就是和职业学院合作，探索技工学一体的人才培养模式。"

北方钢铁制品集团公司和罗怡集团合资办了"中马工业技术大学"，他们采用的招生包分配的新模式深受大家欢迎，第一年就招生培养校企双制学生 2 万余人。企业给定向学生每月提供生活补贴，若学生毕业后进入企业工作,企业还给予一定的留岗奖励。根据企业的岗位技能要求,职业院校还开展工学交替的教学模式，每学期安排学生到企业实习,采用师傅带徒弟等工学形式,进行专业岗位技能训练。

这些学生毕业后工资都能够达到 4000 元到 6000 元，学生也是相当满意。北方钢铁制品集团公司正全力打造"北方技能人才之都"。

耿强被聘为这所学校的客座讲师，他当年铣工大赛的加工精度标准定在 0.01 毫米误差，他牢记使命，授业解惑。他虽然担任集团的副总裁，但不离生产岗位，凭借他的高超技艺每年创造价值达 5000 万元以上，还培养出了多名和他一样的徒弟，为企业后备技能人才储备贡献力量。他不但解决自己工作范畴的难题，同时还帮助其他各分厂解决问题。他踏踏实实地做好工作，练就一身过硬本领。

耿强还将在国外学习的经验和体会毫无保留地分享给技术人员和学员们。一个人再优秀成不了铜墙铁壁，他决定成立北都市"劳模创新工作室"，除了培养技能人才，也注重于创新。自工作室成立以来共提出 200 项革新，在节约返工时间、消除安全隐患、消除质量风险等方面做出贡献。他拥有国家专利技术 6 项。获得"北都市百千万技能人才大赛技术能手"等荣誉和称号，他所在的集体被评为"省级优秀劳模创新工作室"。

在辽安这片热土上，无数创业者为振兴东北老工业基地立下了不朽的功劳。在工业化建设和改革开放的不同时期，先后涌现出了一大批创业英模。他们是共和国的骄子，也是辽安人民的杰出代表。他们对祖国和人民无限忠诚，在平凡的岗位上做出了不平凡的业绩，形成引以为豪的孟泰精神、雷锋精神和艰苦奋斗、勇于创新、无私奉献的崇高创业精神。经过 40 多年改革开放的历练，展示着青春的光彩，闪耀着时代的光辉。

辽安省职工技能比武大赛开始了，主办方领导、辽安省总工会主席陈力盈鼓励参赛者："当前，我们辽安省的经济发展需要顶尖级的科技人才，离不开历代工匠的辛勤付出。考察选手的实践操作和创新解决问题的能力，赛场上毫厘之间较量出的是成绩与名次，而场下日复一日磨炼的是每一个选手的匠心，我们要不断地强化专业知识的学习，做到执着、专注、精益求精、一丝不苟才能追求卓越。我省的劳动模范、大工匠这些技术能手们代表着辽安省新技术、新业态、新经济的各个领域，也展示了技能人才对创新的思考。奋发向上的力量代代相传，千万名奋斗在一线岗位上的劳动者，用不断超越自我的拼劲，在平凡的岗位上一干就是几十年，他们在平凡的岗位上创造了不平凡的业绩。"在这次比武中，耿强工作室培养的徒弟有一名夺得一等奖，两名分别夺得二、三等奖；中马工业技术大学中有两名毕业生分别获得三等奖和鼓励奖。北方钢铁制品集团公司在自身发展的同时，为国家做出应有的贡献。

在星宇机器人集团公司工程师李智的指点帮助下，赵鼎研制的那款民用机器人很快就投入生产了。这是属于北方钢铁制品集团公司自主研发的科技产品，怎么能不让人高兴，大力推广呢？陈重望建议自己女儿的结婚仪式与这款机器人首发仪式合并举行。既省事又省钱，因为这也是要答谢李智的重大贡献的。为星宇机器人集团公司代加工的机器人，更是利润丰厚，以至北方钢铁制品集团公司可以飞速地发展，很快步入了高科技企业的领域。

第二十四章　朝　夕

那是一个阴霾深重的傍晚，陈重望感觉有些疲乏，他下班回家还以为进屋就能吃上饭呢，可他看见妻子躺在床上，一种不祥之兆涌上心头："你这是怎么了？"

马玉节有气无力地说："我就是有些迷糊。"

陈重望说："那我去做饭吧。"

这时他才发现，冰箱里有很多鸡蛋，但是还有豆腐干儿、萝卜干儿，这些东西平时我们不吃啊。他问妻子："这些东西怎么个意思，是你吃的吧？"陈重望心头一阵酸楚："你迷糊是有原因的，我马上领你去医院。"

到了医院，做了各种检查，令人没料到的是，马玉节得的是白血病！医生说："她长期身体不适瞒着你们，现在还是晚期，你们也太粗心了！"

在马玉节生命最后的日子里，陈重望和陈爽都静静地守候在她的身旁。那是一个阳光灿烂的中午，马玉节慢慢地睁开了眼睛。陈爽抱着妈妈的身体："你要挺住啊，妈妈，我们不能没有你啊！"

陈重望含着眼泪："玉节，这二十几年，我只顾企业里的事儿，亏待了你，对不起你呀！"

马玉节微微笑着："我愿意，我不后悔，跟你过了20多年，我很幸运，很满足了……"

马玉节有气无力地说完这句话，微笑着闭上了眼睛。陈爽抱住妈妈痛哭不止，陈重望握着妻子的双手老泪纵横！

失去妻子的陈重望像折断了一只臂膀，一时间找不到平衡。没有了马玉节这个贤内助，陈重望感觉这半边天塌了下来。他也真的受不了事业和家庭的双重压力。陈爽担起了家务的责任，韩雪娜也时常会去陈重望家里帮忙。陈爽是个懂事的孩子，她也了解爸爸和韩阿姨之间的深厚友情，所以她希望韩阿姨来家里帮忙。

已经是单身的陈重望与韩雪娜，都还没有重新结合在一起的想法，而是把重点放在相互理解、相互关照的朋友情分上。是灵魂深处的痛点，还是岁月冲淡了他们青春时代的爱恋，是年龄的沉稳，还是内心的沧桑，让他们很难迈入结合的门槛。

北都市火车站站台上挂着横幅：热烈欢送我省参加"两会"代表进京。队伍中陈重望和韩雪娜依依不舍地聊着。

韩雪娜："你这身体啊悠着点儿，不是当年的棒小伙儿了。"

陈重望："可你在我眼里还是当年扎着辫子的小姑娘。"

韩雪娜："我也很难忘当年你那英俊潇洒的样子。"

两个人说着笑着挥手告别。

陈重望这次开完"两会"有了新的境界，他觉得应该把一切荣誉让给年轻人，把企业也让给年轻有能力的人。他自己定不下来的事当然要去与韩雪娜商量了，他决定请韩雪娜吃饭。

这是一个西餐厅，当他们点完餐欲进餐时，韩雪娜却见陈重望瞪着眼睛望着自己。他的这副奇怪的表情韩雪娜也特别了解，便问他："看样子你是有什么事儿吧？有话你就说。"

"我的确有一个想法，我应该放下担子，放手让年轻人去干了。"

"只要你觉得正确，坚持要做下去的事情，我都支持你。主要是你提出的事情，我也觉得对。"

"那么我们研究一下，让谁来接这个班？"

"这个我可不能参与，你还是开董事会讨论吧。"

"我就是要听一听你的意见。"

"这可是没有必要啊，我可不参政。"

"你太严谨啦，嗯，真不愧为新闻界的高明人士。"

"算你说对了。"

"年轻时我就说不过你，现在……"

"现在更是这样啊。"

韩雪娜微笑地看着陈重望，两个人对视着，看样子是期许着。片刻，陈重望试探着说："明天陪我去看一个展会，行吧？"

"这个可以，我去。"

看了展会那振奋人心的场面，又使陈重望有了要再干两年董事长的想法。韩雪娜拍了一下他的肩膀："我就知道你这个工作狂，舍不得放下你的集团。""我也舍不得放下你。"说完握住了韩雪娜的手。

身患糖尿病的人最怕的是无休止地工作，不按时服药，这样继续下去的话，再强壮的身体也会受不了的。陈重望的糖尿病身体使他又一次住进了医院。韩雪娜的心理反应是不能再等下去了，这位老哥哥身边需要有人照顾啊。她应该去帮助这位奋战几十年的老战友，不能让自己心中的男神失去光芒啊！

韩雪娜忙前忙后地到医院照顾陈重望，还叫在北都市人民医院工作的儿媳帮忙请来了最好的专家会诊。专家提出："你这糖尿病应该用胰岛素了。"陈爽："听说用上胰岛素就推不掉了？"

医生笑着反驳："这是没有科学依据的偏见，这没有危害，有的病人用胰岛素活到了 90 多岁呢。"韩雪娜说："那我们就用胰岛素好了，我们要相信科学和医生的话。"说完回头看着陈重望，是用请示的目光请他回答。陈重望看着韩雪娜诚恳的眼睛，说了声："好吧，听医生的。"已是独身的陈重望和韩雪娜谁也没有开口说什么，也许他们彼此心中企盼着。

阳光照进病房里暖暖的，陈重望看着近在咫尺的韩雪娜，他仿佛看到了几十年前那个扎着两条长辫子的青春少女向他奔来。不经意间他抓住了韩雪娜的双手问道："当年，你为什么与那个人结婚呢？这个谜埋在我心底已经 20 多年了。"韩雪娜虽然被他突如其来的亲密举动震撼了一下，却觉得这个男人好可怜哪。

是应该向他全盘托出历史原因的时候了。她也很自然地握着陈重望的手，娓娓道出当年的真相。流着泪的陈重望激动地突然坐起来深情地抱住了韩雪娜："你呀，你这个傻丫头！"这句话是韩雪娜从小到大最爱听的一句话了，两个人哭着哭着又破涕为笑了！

正在这时，韩楚天和陈爽先后进病房，看到了这一幕，楚天说："我正在考虑给你们举办一场盛大的婚礼呢。"陈爽也笑着说："我双手赞成！"四个人笑得那么灿烂。

陈爽和韩楚天开始张罗新的爸爸和妈妈的婚礼，陈重望不同意，他觉得年龄都大了，组成新的家庭就是最大的幸福，办婚礼是形式上的事儿。他征求韩雪娜的意见，韩雪娜说："我向来服从你，听从你的安排，我没有什么说的，你说怎样就怎样。"孩子们听后有些失望。他们动脑筋想出了一个完美浪漫的还能够让爸爸妈妈接受的方案。

这两个孩子成为新家庭的成员，哥哥和妹妹心无旁骛地精心策划组织了一场活动，让爸爸妈妈高兴。韩楚天不愧是企划的高手，谁也没想到他的活动竟让经验丰富的爸爸妈妈"上了当"。

在北都市香格里拉大酒店多功能厅内，展开了一场别开生面的情景剧《红恋》。进场的人都要凭红色的邀请函入场，陈重望和韩雪娜坐在第一排的中间。

这场剧开始了：一位妇救会主任、一位解放军战士，他们在战斗中结下了友谊。解放后，一起上学，一起工作，可是后来失散了。当他们重逢时，并没有忘记红色的情感……

主持人："迟来的爱情伴着事业的成功，他们终于走到了一起。今天的仪式就是他们爱情的见证。下面请北都市钢铁制品集团董事长陈重望和北都市电视台副台长韩雪娜登台演讲。"

这时，台下爆发出阵阵的掌声，旁边的耿强把两位恭恭敬敬地拉上了台。如梦初醒的陈重望和韩雪娜哭笑不得，在这种情况下真的无法拒绝，婚礼就这样进行着。

回到家，陈重望指着陈爽的脑门儿说："这个闹剧也有你一份儿吧？"

韩楚天急了，他不习惯地喊着："爸爸，这不是她的事儿，完全是我的主意，这效果不是挺好的吗？"

韩雪娜倒是觉得挺高兴，她笑着对陈重望说："孩子这么做是为了我们喜庆，怎么样也要搞一个婚礼吧，无论多老，我们结为夫妻，是要向朋友们宣告的。"

陈重望憨厚地说："那你认为好就好吧，这个事儿是我们两个人的事儿。"

婚礼后，他们两个家庭资源整合，把旧房置换了宽敞明亮的海景房。在这里，韩雪娜和陈重望的胸怀似乎像大海一样宽广壮阔，他们一起回忆童年那欢乐、痛苦、曲折的成长过程。回忆他们的情感经历和事业坎坷之路。说着说着，老泪纵横，说着说着，笑声回荡！

相遇、相知、相守、相爱的半个世纪，陈重望和韩雪娜终于走到了一起，埋在心底的委屈、痛苦化作了绵长的雨，浇灌着心灵，让他们坚强地成长。两个人像初恋的情人，有说不够的知心话。陈重望和韩雪娜这一对跨世纪情侣终于结成了夫妻，组成了他们新的家庭。他们没有把恋情、感情、生活当作他们全部的幸福目标，更多的是相互支持继续干好自己的事业，站好最后一班岗。

夕阳照在北都市的海边沙滩上，海鸥欢快地在海边的上空自由地飞翔。陈重望和韩雪娜挽着手漫步。韩雪娜如同回到了那个青春年代，浪漫地拍着陈重望的肩膀说："我们钟爱一生，终成正果。"

陈重望深情地看着韩雪娜："我们对党和国家、对自己的事业钟爱一生才是最珍贵的，我们做到了。"

两位已过花甲之年的老人面向大海欢呼着。

"这大海的波浪后浪推前浪，前浪不能被拍在沙滩上啊！我们更要做出榜样。"陈重望感慨地说着。

"是啊，我这退位后就开始写横跨几十年、反映振兴东北老工业基地的年代小说，还有影视公司要投资拍摄电视连续剧呢。我要你这个劳动模范，搞革新、办企业的老家伙帮我提供素材呀。"

"我是你的老公，我要遵命的。"

两个人笑在了一起，向如同朝阳的夕阳走去！

陈重望哼着《咱们工人有力量》的歌曲，开门进屋。韩雪娜说了句："怎么这么晚才回啊？"

"开班子会了，大家讨论挺激烈，但是当场就定下来许多事儿，觉得也值啊！"

"我给你热饭去。"

"在食堂吃了一口，现在不想吃了。"

"下回你开会告诉我一声。"

"你有意见了吗？"

"我哪敢啊，我的大董事长。""这回我不挂长了。"

韩雪娜吃惊地"啊"了一声："你当真退下来了？"

陈重望释怀地大笑："这不是挺好的吗？我要让你的下半生过上轻松愉快的生活。"

第二十五章　辉　煌

　　韩雪娜心里纳闷儿，不知道儿子这几天为什么老是在自己的书房里不出来。她也趁着这个心静的时间去书房找出自己没完成的工业题材的小说，这才发现那本小说不见了。还有谁呢？一定是那个小子把我的书稿拿走了。不知道儿子看到自己这代人的那些故事会怎么想，可是她一转念，儿子已经是成熟的男人啦，应该让他知道那些故事，儿子会理解他们的。

　　韩楚天看完了妈妈的作品，瞬间觉得自己长大了、成熟了，应该为妈妈承担所有的悲痛、失落，实现她未实现的理想。她的抗打击能力是我们这一代人所不能想象、也做不到的！就像外公外婆那样，为了革命事业不惜牺牲自己的一切利益！想到这，他决心把自己策划的大型活动与方案报上去，并接着把妈妈的小说写下去，他写的是他们第四代的作为和业绩。

　　自从疫情出现，医务人员的压力也越来越大了，韩楚天的妻子卢学曼连值了三天三夜的班终于回家了。她带着疲惫的身体和蜡黄的脸进屋来，儿子聪聪都快不认识这个妈妈了。韩雪娜急忙给她炖鸡汤，韩楚天伺候她洗浴、卧床休息。

　　卢学曼急了，说："你们不用管我这些，我没毛病，我现在就是着急把我家祖传的中医药方献给新冠灾难中的国外华人，你们可以分头联系。我的这一成果已经被专家认可，在国内推广了。"

韩楚天的妻子卢学曼是搞中西医结合的医生，在这次疫情当中她联合自己大学的老师成功研制了中药方剂。最好的中药除了优异的产地，最主要的是炮制工艺。卢学曼家三代祖传中医，她有家传的防疫药方。她把研制的中药方剂献给了国家。婆婆和丈夫明白了卢学曼的意图，马上通过苏妮把制成的药包捐给了有需要的马来西亚华人，还继续推广。

在疫情期间，韩雪娜的闺蜜单丹在美国洛杉矶开的是著名的中医诊所，她老公研制了预防新冠肺炎的中医药茶包，得过新冠肺炎的人转阴过后也会有一些慢性病的复发，针对这些又研制了恢复期的保健中医茶包，受到了当地华人的追捧。韩雪娜让单丹把成药运到国内，治疗那些后期恢复的患者。

辽安省在美国洛杉矶的华人商会要出资在中国买大量的口罩，捐给中国家乡最需要的人。可是当下中国的口罩也相当缺乏，在这紧要关头，韩楚天怎能不出手相助呢？他倾囊而出，立马投资建立制作口罩的工厂，解决了最大的难题。

韩楚天在接续妈妈的小说，替她写下去：由于疫情的关系，我们家族的成员只能在群里相互问候，相互汇报自己的工作和生活状况。

党的二十大召开的第二天，韩楚天兴奋地告诉妈妈，你看我青岛的表姐成为二十大代表了，这是大姨在群里发的会场照片，大表姐还这么年轻漂亮。韩雪娜急忙在群里看了然后向表妹发出了语音："瑾言这孩子太优秀啦，能成为二十大代表真的了不起，我为我们的红色家族骄傲，终于出现第四代红人了。"

韩雪娜开始关注母系家族群，二十大闭幕后青岛媒体发出的新闻："在青岛金融界学习贯彻党的二十大精神专题报告会上，二十大代表王瑾言谈心得，分享自己参加二十大会议上的所见所闻，所思所想所悟，让大家深受鼓舞、倍感振奋。她参加工作14年来，在一线服务了1000余家企业和8万多名零售客户，参加了500余场公益宣讲，编写了'新市民服务一页通'和金融工作'适老服务工作法'，为用户提供便捷温暖的金融服务。"

"服务人民群众就是我的工作成就和价值，这也是'以客户为中心，为客户创造价值'的核心价值观。要关注到所有的服务群体，无差别地对待每一个客户，有差别地选择适合他们的服务方式，尽力解决每一位客户的急难愁盼。"

青岛表姐的事迹给韩楚天以极大的鼓舞，他更加认真地关注党的二十大报告提出的要"推动东北全面振兴取得新突破"。中央经济工作会议为全面建设社会主义现代化国家开好局、起好步定向领航。辽安省委经济工作会议作出重要部署：启动实施全面振兴新突破三年行动，坚持"工业立市、工业强市、产业兴市"发展思路不动摇，大力发展实体经济、实体产业。吹响新时代辽安振兴的冲锋号，以新气象、新担当、新作为实现全面振兴新突破。

在中国国际科技产品贸易洽谈会上，生动地展示了中国科技经济的活力和自信。洽谈会上传来新闻报道："我国星宇机器人集团公司上市的新产品行走辅助机器人，这款产品适合康复后期患者的居家运动训练，用户可独立完成穿脱，在家庭、社区等日常生活中使用便捷。"听到这条新闻广播，在洽谈会重要来宾席位上的陈重望、赵鼎研露出成功之后的笑颜，这是北方钢铁制品集团公司与星宇机器人集团公司合作的产品。

湛蓝的天空上和平鸽愉快地飞翔，无数彩色气球奔向高空。星宇机器人集团公司在北都市的生产基地落成了，剪彩仪式在北都市市政府广场举行。

星宇机器人集团公司总裁齐跃剪彩后讲话："今天是喜庆的日子，我感谢北都市领导和北方钢铁制品集团公司的大力支持，让我们集团在这个气候宜人、美丽时尚的城市建立起产品生产基地。我们集团的发展得到了党中央、省、市各级领导的大力支持，为我们集团公司指明了前进方向，我们将奋力书写创新发展新篇章！党的二十大为我们科学谋划了未来5年乃至更长时期党和国家事业发展的目标任务和大政方针！"会场下面陈重望悄悄地拍了一下陈爽的肩膀："你为我们集团立了一大功，爸爸没有白培养你。"父女俩对视着、微笑着。

作为顾问，陈重望还是那么兢兢业业，每天都要到集团几个分公司里逛上几圈，耿强请他到办公室喝喝茶，请教请教政治和经济管理的意见，陈重望还经常给班子成员和职工们讲一些当前的政治、经济形势，鼓励大家。

这是晴朗的一天，令人心情愉快振奋，陈重望穿上集团工作服。韩雪娜问："你这是要干什么去啊？""我要去集团宣讲我们省2023年的经济工作会议精神。""真敬业，退休几年啦？还出去讲，家里的活儿谁来干呢？""革命工作分工不同，干家务活也是一种贡献嘛。"韩雪娜一边拖地，一边说："你别忘了带手机。"

陈重望刚登上集团公司大俱乐部的讲台，还没有开始讲，下面就掌声不断。经过几十年历史风雨冲刷的老国有企业取得今天的辉煌，陈重望心潮澎湃。他看不到台下已经退休的老工友们，但看到新时代的新工人，看到这年轻的一代，陈重望产生了一种展望未来的憧憬和激情，讲话也更有底蕴了。

年轻人还是特别感恩这位老董事长的，对他也特别敬重，特别渴望听到他的讲话，学习他的精神！

陈重望这位国企工人、劳动模范、工会主席、合资厂厂长、北都市钢铁制品厂厂长、北方钢铁制品集团公司董事长，40 余年如一日兢兢业业、无怨无悔地为党的事业奉献自己的心血与力量。他已是迈向古稀之年的老人了，可是他一登上这个讲台便侃侃而谈："我们不屈不挠地战胜了新冠疫情，已经迈入了新的一年。我们的企业取得今天的业绩来之不易，我们要保持住企业的光荣传统。"

陈重望怕大家鼓掌不断，急忙说了一句："下面由我们集团公司的董事长耿强讲话。"说完走到幕后。

耿强在这种情况下马上到台上："大家好，在新的一年里我们要遵照 2023 年辽安省经济工作会议指出的前进方向，开局决定全局，起步即是决战。确保实现一季度'开门红'，要坚决贯彻落实习近平总书记重要指示精神和党中央决策部署，振奋精神、迅速行动，敢担当、善作为，聚焦中央经济工作会议作出的各项决策部署，拿出超常规举措，创造性地抓好贯彻落实，为实现全省经济运行整体好转打下坚实基础。

振兴工业、振兴企业，共同推动高质量发展，确保完成全年各项目标任务。我还要向大家爆料一项我们集团最可观的高科技产品，这是属于我们自主研发的软件，让我们集团迈进了国际市场，踏入世界上最先进的技术行列！"

耿强的话音刚落，十几位台下的工人和技术人员站起来带头欢呼："走出国门，迈向世界！"陈重望在后台流出了热泪。

在这大好的形势下，韩楚天发出了振奋人心的爆款高科技项目：北方钢铁制品集团公司科研中心自主研发的用于医疗的高科技产品在国内外销售火爆。这得力于盖世奇的爱国行动，他义无反顾地回到自己的家乡报效祖国，加盟了北方钢铁制品集团公司科研中心，贡献了自己新研制的高科技产品。

　　韩楚天为此召开新闻发布会和庆功会，在国际会展中心中西结合的多功能厅里，与自己公司举办的"国际华人企业发展论坛"合并举行，这次大会将迎来振兴东北老工业基地高科技发展更辉煌的前景！